[日] 川端康成　著
陈德文　译

陕西师范大学出版总社

雅众文化 出品

一

穿过国境长长的隧道[1]，就是雪国。夜的底色变白了。火车停在信号所[2]旁边。

姑娘从斜对面的座席上站起身走过来，落下岛村面前的玻璃窗。冰雪的寒气灌入车厢。姑娘将上半身探出窗外，填满了整个窗户，似乎对着远方喊叫：

“站长——站长——”

1 此处指上越线清水隧道，位于日本三国山脉上野国（今群马县）和越后国（今新潟县）国境线上，全长九千七百零二米。一九二二年八月开工，一九三一年九月完成。一九三四年作者两访越后汤泽，翌年开始写作《雪国》，一九三五至一九三七年分期连载。一九三七年由创元社发行初版，一九四八年该社出版《雪国》最终版。

2 信号所：车站间距过长时，为方便快车追越慢车，或单线时反向来车通过，为安全起见，按规定凡先到列车进站前需为前后来车让道时，应暂时停靠于专用“待避线”躲避，并设信号指示，谓之信号所。上越线一九三一年全线开通至一九六七年复线完成之前，一直是单线运输。清水隧道出口附近的信号所，于一九四一年一月改为土樽车站，多为四季登山者所利用。

一个手里拎着信号灯的汉子慢悠悠踏雪走来,他的围巾裹着鼻子,帽子的毛皮耷拉在耳朵上。

已经这么冷了吗?岛村向外一望,山脚下散散落落,点缀着铁路员工的木板房,寒颤颤的,雪色尚未到达那里,就被黑暗吞没了。

“站长,是我,您好啊。”

“哦,这不是叶子姑娘吗,回来啦?天又冷起来喽!”

“听说我弟弟这次来这里工作,请您多多关照啊!”

“这地方眼看要变得冷清了。他年纪轻轻,怪可怜的。”

“他还是个孩子,站长,您可要多指点呀,拜托啦!”

“别担心,他干得很起劲。不久就要大忙起来了。去年雪很大,经常发生雪崩,火车开不动,村里人都忙着给旅客烧火做饭呢。”

“站长看样子穿得很厚实呀。可我弟弟在信上说,他还没有穿背心。”

“我都四件啦,年轻人一冷就拼命喝酒,横七竖八地躺在那儿,岂不知这会感冒的。”

站长朝着员工住房挥动一下手里的信号灯。

“我弟弟也喝酒吗?”

“不。”

“站长，您这就回家吗?”

“我受了伤，跑医院呢。”

“哎呀，真苦了您啦!”

和服外面穿着外套的站长，大冷天不想站在那里继续聊下去，他转过身子。

“好吧，多保重。”

“站长，我弟弟今天没来上班吗?”叶子两眼搜索着雪地。

“站长，请您好好照看我弟弟，谢谢啦!”

话声优美得近乎悲戚。高扬的嗓音自夜雪上空回荡四方。

火车开动了，她没有从窗外缩回身子。就这样，火车追上走在铁道边的站长。

“站长——请转告我弟弟，下次放假一定回家一趟!”

“好的。”站长高声答应。

叶子关上窗户，两手捂着红扑扑的面颊。

这里是国境上的山区，准备了三台扫雪车。隧道南北拉上了电力雪崩警报器，配备着五千人次[1]扫雪夫和两千人次青年消防队员，随时应对突发事件。

1 “人次”的用法遵循原文，非讹误。

看样子，铁道信号所不久将被大雪埋没，这位叶子姑娘的弟弟，打今年冬天开始就在这里上班了。岛村知道了这些，对她更加感兴趣了。

然而，说是“姑娘”，只是岛村这么看，和她一道来的那个男子是她什么人，岛村当然无从知道。两个人的举止虽说像夫妻，但那男子明显是个病人，同病人在一起，男女之间的界限就不那么分明，照料得越细心，看上去就越像夫妇。实际上，一个女人照顾一个比自己年龄大的男子，那一副年轻母亲的情怀，在别人眼里就像夫妻。

岛村只单单注意她一个人，看那姿态，他执意认定她是个姑娘。不过，他始终盯着窗玻璃这种奇妙的观察方式，也许平添了他本人过多的感伤之情。

约莫三个小时之前，岛村百无聊赖之余，不住晃动左手的食指，仔细观看，他想借助这根手指，清晰地回忆起将要会见的那个女人。然而，越是急于回想，越是不可捉摸，朦胧之中只是觉得这根指头至今依然濡染着女人的肤香，把自己引向远方那个女子的身边。他一边奇妙地遐想，一边把手指伸到鼻子底下嗅着，一不留神，指头在窗玻璃上画了一条线，那里清楚地浮现出女人的一只眼睛。他几乎惊叫起来了。但是，那只是一心想着远方的缘故，定睛一看，没有什么可奇怪的，映出的是对过座席上的那个女人。外面的天色黑下来了，车厢里亮起了灯。于是，窗玻璃变成一面镜子。不过，由于通了暖气，玻璃上布满水蒸气，不用手指揩拭，是不会成为镜子的。

姑娘的一只眼睛，反而显得异样美丽。岛村将脸凑近车窗，蓦然装出一副观看黄昏暮景而泛起满脸乡愁的神情，用手掌揩拭着玻璃。

姑娘微微俯着前胸，一心一意看着躺在面前的男子。她的肩膀显得有些吃力，稍稍冷峻的眼睛一眨也不眨，由此可知她是多么认真。男人枕着车窗，两腿蜷在姑娘的身旁，翘着脚尖。这是三等车厢。他们不是岛村相邻的一排座席，而是坐在前排对面的座席上。因此，横卧的男子，只在玻璃上映出到耳根的半个面孔来。

姑娘和岛村正好相互斜对面坐着，因此他看得很清楚。他们上车时，岛村被姑娘那副冷艳娇美的面容惊呆了。当他低下眉头的一刹那，一眼看到姑娘的手被那男子青黄的手紧紧攥住，再也不愿意向那边转头了。

镜中的男子，一心一意望着姑娘的胸际，浮现出安详而平静的神色。他那久病的身体虽然很衰弱，却显出一种甜美的调和。他枕着围巾，从鼻子下面将嘴巴盖严，然后再向上包紧面颊。围巾一会儿滑落下来，一会儿缠到鼻子上。男人眼睛将动未动之际，姑娘便轻轻地为他重新围好。两个人若无其事地重复同一个动作，连岛村都看得心烦意乱。还有，男人包在腿上的外套，下裾不时张开，垂挂下来，姑娘也会立即发现，随时给他裹紧。这一切都显得十分自然。看那情形，他们像是忘记了里程，仿佛要去很远很远的地方。因而，岛村眼里所见没有悲伤的愁苦，而像是眺望一种梦中之景。这也许都是来自这面奇妙的镜子吧。

镜子深处漂流着暮景，就是说映射的物体和镜子如电影里的叠影一般相互运动。登场人物和背景毫无关系。并且，透明缥缈的人物影像和朦胧流泻的夕晖晚景，两相融和，共同描摹出一个超脱现实的象征的世界。尤其是，当姑娘的面孔中央燃亮山野灯火的时候，岛村的心胸，为这难以形容的美丽震颤不已。

遥远的山巅上空，微微闪射着夕阳的余晖。透过车窗所见到的风景，虽然直至远方还保持着轮廓，但已经失去了光彩。不管走到哪里，平凡山野的姿影越发平凡，正因为没有什么特别引人注意的地方，反而涌动着一股浩大的感情的洪流，不用说这是因为有一张少女的面孔浮现在其中。映射在窗镜上的姑娘的脸庞周围，因为不断流动着暮景，姑娘的脸就显得透明起来。不过是否真的透明，由于从脸庞后面流泻的暮景总被误以为是从脸庞前面通过的,定睛一看,则变得难以捕捉。

车厢里不太明亮，没有真正的镜子那种效果。几乎没有什么反射。所以，岛村在看得入迷的时候，渐渐忘记了镜子的存在，只觉得一位少女漂浮在流动的暮景之中。

这个时候，她的脸的中央燃亮了灯火，镜子里的映像不足以遮蔽窗外的灯火，那灯火也不能抹消映像。于是，灯火就从女人的脸中央流了过去，但是没有给她的面孔增加光艳。这是远方的冷光，只是照亮了那纤巧的眼眸四周。就是说，当姑娘的眼睛和灯火重叠的瞬间，她的眼睛宛若漂荡在夕暮波涛间的妖艳的夜光虫。

叶子当然不会想到有人这样盯着她看，她一心扑在病人身上，即便向岛村那里回一下头，也不可能望到映在窗玻璃里自己的影像，更不会留意那个眺望窗外的男人。

岛村长久偷看叶子，他忘记了这样做对她是一种不礼貌的行为。他也许被夕暮镜子里非现实的力量征服了。

所以，她呼叫站长时有点过于认真的样子，也被岛村看在眼里。抑或此时，他也是好奇心占了上风，很想听听那姑娘的故事。

列车经过信号所时，窗户上只是一片昏暗，对面风景的流动一旦消隐，也就失去镜子的魅力。叶子美丽的容颜虽然还在映现着，尽管她的动作多么体贴入微，但是岛村却发现她内心里存在一种清澄的冷寂。他不想再揩拭窗玻璃上的水汽了。

然而，半小时之后，没想到叶子他们和岛村在同一个车站下车了。岛村想，说不定还会发生什么和自己相关的事情，因而回头看了看。一接触站台上的严寒，他就深悔自己在车上的非礼行为，头也不回地打机车前边绕了过去。

男子攀住叶子的肩膀，打算穿过线路，这时，站台人员从这边一扬手制止了。

不久，黑暗里驶来一列长长的货车，遮住了他们两人的身影。

二

旅馆接客的伙计，煞有介事地一身防雪服装扮，好像火灾现场上的消防队员。包着耳朵，套着长筒皮靴。候车室站着一个女子，身披蓝色斗篷，戴上风帽，透过窗户望着线路方向。

待在车厢里时的热气尚未消散，岛村还没有感受外头真正的寒冷，但因为是初次体验雪国的冬天，他被当地人的这身打扮首先吓了一跳。

“难道真的这么冷吗?”

“可不，已经完全是过冬的准备啦，晴雪的前一个晚上尤其冷。今夜要到零度以下呢。”

“现在就是零度以下了吧?”岛村注视着房檐下可爱的冰凌柱，和伙计一同登上汽车。雪色把家家户户本来就很低矮的屋脊，压抑得更加矮小，整个村子似乎都沉到了雪底下。

“果然是，摸到哪里哪里都是冰冷冰冷的啊!”

“去年最冷是零下二十度。”

“雪呢？”

“雪呀，一般七八尺，多的时候超过一丈二三尺哩！”[1]

“你说是以后吧？”

“是以后呀。这场雪是前个时期下的，只有尺把厚，大部分都化了。”

“还会融化啊？”

“还不知道何时会下上一场大雪呢。”

时令是十二月初。

岛村患感冒，鼻子一直堵塞，这时一下子通到脑门芯，仿佛洗净了一切脏污，鼻水不住滴滴答答流下来。

“师傅家的那个姑娘还在吗？”

“哎，还在还在。刚才您下车时没有看见她吗？她披着深蓝色的斗篷。”

“那就是她呀？——回头能叫她来吗？”

“今晚上？”

“今晚上。”

“听说今天师傅的儿子坐末班车回来，她去迎接了。”

1 与越后汤泽同属南鱼沼郡的越后盐泽人铃木牧之《北越雪谱》：“凡日本国中，古往今来，人们皆以越后为第一深雪之地也；然于越后，雪深达一二丈者，当数我鱼沼郡也。”

那位黄昏暮景的镜子映射的叶子所精心护理的病人，就是岛村前来会见的女人家中的少爷。

知道这一点，岛村自己的心里豁然亮堂起来了。围绕这层关系，他也不觉得有什么奇怪了。他反而对这个不觉得奇怪的自己而感到奇怪起来。

那个凭指头记忆的女子和眼睛里点亮灯火的女子之间，究竟会有些什么关系？又将会发生些什么事情呢？岛村不知为何，他心里似乎感觉到了什么。也许还没有从夕暮的镜子里清醒过来吧，那黄昏暮景的流动，莫非就是时间流逝的象征吗？他忽然泛起了嘀咕。

滑雪季节之前的温泉旅馆客人最少，岛村在馆内浴场[1]洗完澡，已经夜深人静了。他在古旧的走廊上每跨一步，玻璃窗就微微震动一下。尽头长长的柜台拐角处，一位女子长裙拖曳，亭亭玉立于寒光闪亮的乌黑的地板上。

她到底还是做艺妓了？他看到那身裙裾，猛然一怔。然而，她既没有迈步走过来，也没有做出任何迎迓的姿态，她只是站着一动不动。岛村远远看见她那肃穆的神色，急急走了过去，他站

1 馆内浴场：原文为“内汤”（uchiyu），温泉旅馆馆内浴场，同建筑物外庭院浴池“外汤”（sotoyu）相对应。

在女人身边沉默不语。涂满浓浓白粉的女子欲破颜一笑，反而显得一脸悲戚，一句话没说，两人一同向房间那边走去。

有过那段情，既不写信，也不来见面，更没有按约定寄来舞蹈造型的书什么的。这在女人看来，还不是回头一笑，就把自己给忘了？所以，照理说，岛村应当主动道歉，或者说明缘由才是。两人虽说谁也不瞧谁一眼，但凭感觉，岛村知道，她不但不怪罪自己，反而满心思念着自己。当他明白了这些之后，就越发感到，不管自己如何解释，那些话就越显得自己不是个真诚的人。他被女人身上涌现出来的甜美的喜悦包容了，两人一起来到楼梯口。

“它对你记得最清楚。”他左手握着拳头，伸出食指，突然杵到女人眼前。

“是吗?”女子攥着他的手指，紧紧不放，手挽手登上楼梯。

走到被炉前，她松开手，脸孔一下子红到了耳根。她想遮掩过去，又慌忙拉住岛村的手：

“它还记得我?”

“不是右手，是这只。”他从女人的手掌里缩回右手，伸进被炉，又将左拳头给她看。她若无其事地说：

“嗯，我知道。”

她含着微笑扳开岛村的手掌，把脸贴了上去。

“它还记得我？”

“哦，好冷啊，这么冰凉的头发还是第一次接触呢。”

“东京还没下雪吗？”

“你那时候说的话，看来是骗我的。要不然，谁会在这年关跑到这个寒冷的地方来呢？”

三

“那时候”——指的是过了雪崩危险期，进入新绿满眼的登山季节的那段时间。

不久，木通[1]新芽也要从饭桌上消失了。

游手好闲的岛村自然对自己失去了真诚，他想借山野唤回真诚，于是一个人就到山间散心来了。那天晚上，他在国境的群山游荡七天之后，下山来到温泉场，吩咐招一位艺妓陪夜。那天这里正举行修路工程竣工典礼，十分热闹，连村里的蚕房兼剧场都临时当作宴会厅了。十二三个艺妓，本来就人手不足，哪里还能临时叫得到？听说师傅家的姑娘也到宴会上帮忙了，跳上两三轮舞就回来，要不就叫她来也行。岛村又仔细问了一遍，一位侍女大致讲了下面的情景：三味线和

1 木通：又名山通草、野木瓜，生于山野的蔓生植物。春季发新叶，开淡紫色花；秋季结椭圆形果实，熟后裂开有芳香。蔓茎用于编筐篮，果实入药，新芽食用。

舞蹈师傅家的姑娘虽说不是艺妓，可大宴会也时常请去，这里没有年轻的雏妓[1]，许多人年龄大了，不愿意出去跳舞，所以姑娘就显得特别宝贝。她倒很少单独去旅馆应客，但也不是个纯粹的素身子。

侍女的话听起来有些怪，岛村没放在心里。过了一小时光景，女子在侍女的带领下竟然来了，岛村一惊，立即端坐着。侍女正要离开，女子拽住她的衣袖，又叫她坐下来。

女子给他的印象是清洁得出奇，看来就连脚趾丫里也很干净。岛村甚至怀疑是不是因为自己的双眼看了太多山里的初夏，才有如此联想。

她虽然有几分艺妓的装扮，但裙裾自然不会拖在地上，里面也规规矩矩穿着一件柔软的单衫。高价的腰带似乎有些不合身份，但看上去反而使人顿生怜悯。

先是谈了一些山中见闻，侍女出去了。村子周围可以看到的这些山峰，女子大都叫不出名字，岛村也无心再喝酒了。女子便出乎意外地直接对他说，她就生在这个雪国，到东京做陪酒女期间，

1 雏妓：原文为“半玉”（han'gyoku），指只领半额“玉代”（月薪）尚未出师的艺妓。出师的艺妓称为“一本”（ippon）。下文的“陪酒女”（原文为“御酌”），亦同“半玉”。

被人赎出，打算将来做个舞蹈师。哪知一年半后，那位恩人就死了。打从那人死后到今天为止，那也许才是她的真实的身世，可她也不急于全部抖搂出来。她说自己十九了，要是真的，那么十九岁的她，看起来像是二十一二岁的人了。岛村开始找到了宽松的话题，便谈起歌舞伎来。对于俳优的艺风和信息，女子比岛村更精通。也许渴望着这样一位可以倾诉衷肠的人，她一个劲儿说着，不由露出花街女子的根性来。她似乎很熟悉男人的心思，尽管如此，岛村一开始就把她当作淑女看待。一个星期没有开口和人说话了，他心里充满了对于人世的思恋和温情。岛村首先从女子身上感受到一种类似友谊的东西，甚至山野的感伤也牵连到女子身上来了。

翌日午后，女子将入浴用具放在廊下，顺便到岛村屋里来玩。

她身子尚未坐稳，他就突然说想叫她帮着请个艺妓来。

“帮忙请人?”

“你明白的。”

“这怎么行？我到这里来，做梦都没想到，您会叫我干这种事情。”女子嗔怒地转身走到窗前，眺望国境的群山，面颊泛起红晕。

“这里没有那种人啊。”

“撒谎!”

“是真的。”她又猝然转过身来，坐到窗台上。

“绝对不可勉强人家的。艺妓都是自由身，旅馆一概不做这种事。不信，您随便找个人问问就知道了。”

“我想托你帮帮忙。”

“为何非要托我干这种事情呀?”

“我把你当朋友啊！既然是朋友，怎么好意思跟你调情呢?”

“这就叫朋友啊?”女子被他的话激得像个小孩子似的。接着，她甩出这么一句：

“您真了不起，这种事也能托我。”

“这又算什么呢？我在山上养好了身体，可头脑还是不清晰，即便和你也没法说知心话。”

女子低眉沉默不语。这样一来，岛村也显现出一个男人的厚颜无耻，不过她对这些早已习以为常，十分通达地理解了对方的意思。岛村凝望着她，也许眉毛太浓密了，她低俯的眼睛显得那般温婉而娇媚。女人的脸庞左右稍稍摇动着，又染上薄薄的红晕。

“您找个可意的吧。”

“这事得问问你呀。我初来乍到，怎么知道

谁长得漂亮?”

“要找漂亮的?”

“年轻就行。年纪轻轻,就不会出大差错。只要嘴不狂、不唠叨个没完就好。傻乎乎的也不要紧,要干净些的。闲聊时我可以叫你来嘛。”

“我才不来呢。”

“别瞎说!”

“哼,就不来,还来干什么呀?”

“我想和你清清爽爽地交往下去,所以才不打你的主意啊!”

“真会说!”

“要是有了那种事,明天就不愿意再见到你,说起话来也不自在了。我从山上来到村子里,好不容易有个亲近的人,所以我不想作践你。不过,我到底是个出门在外的人啊!”

“嗯,这倒也是。”

“不是吗,从你来说吧,假如我找的是你讨厌的女人,以后见到了,也会恶心的。要是你替我挑,那就好多啦。”

“那谁晓得?”她冲了他一句,又蓦然转过脸去,“说得也是。”

“要是咱俩热络了,就糟啦。那多难为情,也不能长久相处了。”

“是啊，大家都这样。我生在港镇，这里是个温泉场哩。”想不到女子说得很直率，“客人大都是来旅行的，我虽说还是个孩子，可也听好多人说过，他虽然喜欢你但当面不肯说，这种人才叫人时时想着他，永远不忘记。分别后也一样。对方一旦想起你，给你写信来的，一般都是这一类人。”

女子离开窗户，这回轻柔地坐到窗下的榻榻米上了。看她脸色，似乎想起遥远的往日，急急滑向了岛村身旁。

女人的声音满含真情，这倒使得岛村感到内疚，想到不该轻易欺骗了她。

但是，他没有说谎。女人本来是个淑女，他虽然想找女人，但也不必对她有所欲求，因为他本来就能问心无愧地得手。她太清纯了！从见到她第一面起，他就对她另眼相看。

况且，那时他还没有选定夏天的避暑地点。他本打算带家属到这个温泉场来。这样一来，这女子幸好是个淑女，就可以陪伴妻子游玩，教妻子学习跳舞，消烦解闷儿。他确实这么想过。他虽然对女子产生一种情谊，但还是相应地度过了这一关。

不用说，在这里也有一面岛村窥看黄昏暮景

的镜子。他不仅不愿意和这种身份暧昧的女子藕断丝连，而且他认为，这也和夕暮火车车窗上映射的女子面颜一样，不过是一种虚幻的影像罢了。

他对西洋舞蹈的兴趣也是如此。岛村出生于东京下町[1]，幼小时就迷恋歌舞伎和戏剧，学生时代偏爱流行舞和歌舞。他富有钻研精神，不达目的决不罢休。他涉猎古代记述，遍访流派宗祖，不久，又结交日本舞新人，撰写研究和批评的文章。这样一来，无论在日本舞沉滞时期或者自以为是的新的探索之时，他都有一种切实的不满足感。于是，他打定主意，决心投身于实际运动之中。但当他收到日本舞蹈青年演员招请时，又猝然换马，转向西洋舞蹈了。日本舞蹈完全不看，而开始搜集西洋舞蹈的书籍和照片，甚至不辞劳苦从国外将宣传画和节目单之类弄到手。他绝非仅仅出于对异国和未知世界的一颗好奇心，他重新获得的喜悦，在于目无所见的西洋舞蹈。岛村根本不看任何日本人跳的西洋舞蹈。借助西洋印刷品写写谈论西洋舞蹈的文章，没有比这更轻而易举的事了。未曾一见的舞蹈是另一个世界的故

---

1 东京下町：东京平民百姓聚居的商业闹市，如下谷、浅草、神田、日本桥、京桥等地。与此相对的山手区，则是富裕阶层的居住地区。

事，只能是纸上谈兵、天国之诗。名为研究，实际是凭空想象，不是欣赏舞蹈家鲜活肉体跳跃的艺术，而是欣赏西洋语言和照片所浮现出的本人空想跳跃的幻影。这是一种捕风捉影的情恋。况且，他写一些介绍西洋舞蹈的文字，好歹也算个文人。他有时借此解嘲，以抚慰自己随处漂泊的心灵。

他的这些有关日本舞蹈的话题，使得女子对他更加亲近起来。可以说这些知识相隔多年之后又在现实中发挥了作用。然而，这或许因为岛村不知不觉将这女子当成西洋舞蹈对待了。

所以，当他觉得自己含有淡淡旅愁的话语，触及她生活中的隐痛时，他觉得欺骗了这个女子，心里十分后悔。

“这样的话，下回我带家属一道来，你们可以好好玩玩了。”

“哎，这个我知道了。”女子放低声音，微笑着说，随后带着几分艺妓的神色调笑道：

“我也很喜欢那样，味淡而情长嘛。”

“所以请你代我叫一个呀。”

“现在？”

“嗯。”

“您真行，大白天亏您开得了口！”

“我不要被人拣剩的。”

“瞧您说的，您当这里是捞钱的温泉场呀！那是打错了算盘。您看看村里的样子还不清楚吗?”女人意外带着一副认真的口气，再三强调这里没有那样的女人。岛村一怀疑，女子就一本正经起来，且退让一步说：至于要怎么做，这得由艺妓自己决定，不过，要是不给主家[1]打招呼就外宿，那是艺妓自己的责任，出了事主家是不管的。要是跟主家打了招呼，那就是主家的责任，不论有什么事都会担待到底。就这一点不同。

“责任是指的什么?”

“比如搞出了孩子，或者弄坏了身子什么的。”

岛村对于自己这个颇为傻气的问题苦笑了一下，心想，这个山村说不定会有这种满不在乎的事情。

游手好闲的他自然有心要找到一种保护色，他对各地的社会民风抱有本能的敏感，从山上下来，就能从这座村子朴素的景象之中获取安闲和舒适。听旅馆人说，这里是雪国生活最舒心的村庄之一。直到前几年铁路未开通之前，这座村子就是农家百姓的温泉疗养地。有艺妓的家庭，挂着餐馆或小豆汤店的褪色的门帘，看到那煤烟熏

1 主家：原文为“抱主”（kakaenushi），管理艺妓的主家。

黑的旧式格子门，人们就怀疑，这里会有客人登门吗？在所谓日用杂货店和茶食店里，只雇有一名艺妓，主人除了店里生意之外，还到农田里干活。看来她是师傅家的姑娘，没有营业执照[1]，偶尔去宴会上帮帮忙。这样做也不会使其他艺妓说闲话。

“一共多少人?”

“您说艺妓？十二三个人吧。”

“什么样的人好呢?”岛村站起来去按门铃。

“我回去啦?”

“你不能回去!”

“我不愿意。”女子屈辱地摇摇头，“我要回去。放心吧，我不在乎。我还会来的。”

可是一看到侍女，她便若无其事地重新坐正身子。侍女问她想找哪一个，问了几次，她都不肯提名字。

不一会儿，一个十七八岁的艺妓进来了，岛村一眼瞅到她，下山来村里寻欢的热情顿时凉了。她一双黝黑的膀子，瘦骨嶙峋，看样子带着几分稚气，人也还好，所以他极力不显露出一副扫兴

1 营业执照：原文为“鉴札”（kansatsu），即“营业许可证”或“执照”之意。按当时规则，作为艺妓必须向警察署及时领取“鉴札”，凡持有“鉴札”的艺妓，不许随便带往他处，违者处罪。

的神情，向艺妓那边瞧过去。实际上，他的眼睛是被她身后新绿的群山迷醉了。他也不想再说什么，总之，这是一个山里的艺妓。看见岛村闷声不响，那女子颇为识相地默默站了起来。这时，场面更加尴尬，这样，僵持了一个多小时，岛村心里琢磨，如何用个巧妙的办法才能将艺妓打发回去。忽然他想到来过一张电汇单，就借口要马上跑一趟邮局，伴着艺妓一同离开屋子。

岛村走到旅馆门口，抬眼看到新绿飘香的后山，心向往之，撒野似的奔山上跑去。

也许感到有些蹊跷吧，他一个人大笑不止。

他太累了，又忽然回转身子，撩起浴衣，猝然向山下奔跑。脚底下腾起两只黄蝴蝶。

蝴蝶联翩飞舞，不久飞过国境的山峰，随着黄色渐渐变白，蝴蝶也越飞越远了。

“怎么啦?”

女子站在杉树荫里。

“您笑得挺开心啊!”

“打发走啦!”岛村又止不住大笑起来。

“走啦!”

“是吗?”

女子飘然转过身子，向杉树林里走去。他默默跟在后头。

这里是神社，布满苔藓的一对石兽[1]旁，有一块平滑的岩石，女子在上面坐下来。

“这里最凉快，盛夏时节也有冷风吹来呢。”

“这地方的艺妓都是那副模样吗?”

“大体都差不多。中年里头倒有长得挺漂亮的。”她低着眉淡淡地回答，在她的脖颈上印着一小团儿杉树的清阴。

岛村仰望着树梢。

“算啦，体力全耗尽啦，真好笑啊!”

这棵杉树很高，只有将两手向后支在岩石上，挺起胸脯才能望见梢顶。树干笔直而立，浓密的树叶遮蔽着天空，寂然无声。岛村背靠着的是其中一棵最古老的树干，不知为什么，北面一侧的树枝，到顶端全部干枯，一排光秃的桠杈如尖桩倒刺进老干内部，犹如凶神的刀剑。

“我打错了主意。下山来初次见到你，还以为这里的艺妓都很标致呢。”他笑了，本来他想，七天里在山间养精蓄锐，从而可以顺利地宣泄一番了。岛村到现在才明白，此种感觉，实际上也

1 石兽：原文为“狛犬”（komainu），神社等社殿门前两侧伏魔降妖、以示威严的狮子狗，据说是古代由高丽传入。一只开口欲呼“阿”（开始说话）；另一只闭口欲呼“吽”（hōng，禁止出声）。吽原为牛闭口而发出的声音。用于咒文，是闭口不语之意。

是因为初遇这位清纯无垢女子的缘故。

女子凝神眺望远方夕阳下光闪闪的河水，她有点寂寞难耐。

“啊，差点儿忘记了。这是您的香烟。”女子极力表现出一副轻松的样子，“刚才到您房间，看到您不在，不知出了什么事。您一个人拼命向山上跑，我是从窗户里看见的，好生奇怪。您忘记带香烟，我给您拿来了。”

她从袖袋里掏出香烟，给他点了火。

“真对不住那孩子啊！”

“没事，叫她什么时候走，还不是全凭客人一句话。”

布满石子的河流发出圆润、甜美的响声。透过杉树可以窥见对面山间襞褶的阴影。

“找不到一个和你相当的女子，以后见到你会后悔的。”

“我才不管呢，您倒是挺逞强的啊！”女子嘲讽似的说。和叫艺妓前大不相同，他们两个之间已经有了一种别样的感情。

一开始就想寻求这样的女子，又偏偏围着她远远绕圈子，当岛村彻底明白过来之后，他对自己甚感厌恶。同时，他发现这个女子异常美丽。女子站在杉树荫里呼唤着他，那窈窕的倩影使他浑身感到爽适。

细长而稍高的鼻梁虽显一般，但下面小巧而紧凑的嘴唇，宛如时伸时缩的水蛭漂亮的环节，细嫩、柔软，沉默时仿佛也在不停蠕动。要是嘴唇有了皱纹或颜色失当，就会给人不洁的感觉，但并非如此，而是显得滑润而晶莹。眼梢既不上挑，也不下垂，着意描成横直的眼睛似乎有些不大自然，却被恰到好处地包裹在一双浓密而微微低俯的眉毛下边。丰腴的桃圆脸轮廓平凡，但皮肤犹如细白瓷上略施薄红，颈项也不显得肥满。因而，她是个美人，更是个洁女！

作为一个有过陪酒经历的女子，她的胸脯微微前挺。

“瞧，不觉间飞来这么多蚊子。”女子抖了抖裙裾，站起身来。

静谧之中，两个人面孔上都显现出百无聊赖的神情。

大约夜间十点钟，女子在廊下大声呼叫岛村的名字，她一头闯进他的房间，立即倒在桌子上。她喝醉了，双手在桌面上乱抓一气，大口大口地喝水。

听说今冬在滑雪场结识的一帮老相识，越过山岭来和她相会，他们把她请到旅馆，招来艺妓大大热闹了一场。她被灌醉了。

她头脑昏昏沉沉，一个人滔滔不绝地说着，接着又添一句：

“这不好，我得回去。他们不知出了什么事，会到处找我的。”她踉跄地走出屋门。

约略一小时后，长长的走廊又响起了杂沓的脚步声。她东倒西歪地走进来，高声喊道：

“岛村先生——岛村先生——”

“咦，不在吗？岛村先生——”

这纯粹是一个女子呼喊自己的心上人的声音。岛村大吃一惊。这尖厉的嗓音响彻整个旅馆，他迷惑不解地正要出去，女子一把戳破格子门，抓住门框，咕噜一声向岛村身上倒过来。

“唔，在屋里呀！”

女子小鸟依人，紧靠在他身上。

“我没有醉！嗯，谁醉啦？我好难受，好难受啊！可脑袋很清醒。啊，真渴。那种混合威士忌不行，一喝就上头，脑袋疼。那些人买的净是劣质酒，我哪里知道？”说着，她用手不住揉搓着脸孔。

外面骤然响起雨声。

女子稍稍放松膀子，一骨碌倒下了。他搂住她的脖子，女子的发髻几乎被他的面颊压得散开来。他顺势把手探入她怀中。

女子没有答应他的要求，两只膀子像锁紧的门闩一样，紧紧压在他想要的东西上。她玉山倾倒，已经力不从心了。

“什么呀，这个玩意儿，是什么呀？畜生，畜生！我累了啊！这玩意儿。”说罢，她猛地咬住自己的胳膊肘。

他连忙将她拉开，胳膊上留下了深深的牙印。

这时，她已经任他摆布了，开始胡乱地写起字来。她说她要写几个喜欢的人的名字给他看，接连写了二三十个影剧明星的名字，然后又写了无数个岛村的姓名。

岛村掌心里那团难以到手的温软而肥腴的东西渐渐发热了。

“啊，好啦，这下子放心啦！”他亲切地说，他有了一种母性的感觉。

女子又急剧痛苦起来，她挣扎着想站起身子，又一头栽到房间对面的一角里。

“不行，不行，我得回去，回去！”

“你怎么走？这么大的雨。”

“赤脚也要回去！爬也要爬回去！”

“太危险啦，要走也得我送你。”

旅馆在山丘上，有一段陡坡。

“松开衣带，躺一会儿，醒醒酒。”

“那怎么行，就这样，习惯啦。”女子坐正姿势，挺起胸。然而，她很憋闷，打开窗户想吐又吐不出来。她扭动身子，想一下子躺倒，但还是咬着牙坚忍住了。这样持续了好长时间，她时时强打精神，反复说“要回去，要回去”，不知不觉过了凌晨两点钟。

“您睡吧，我叫您睡嘛！”

“那你呢？”

“我就这样，醒醒酒就回去。趁着天未亮回去。”她膝行过去，拉住岛村。

“别管我，睡下吧。”

岛村钻进被窝，女子趴在桌子上喝水。

“起来，听见了？叫您快起来。”

“你想叫我干什么？”

“您还是躺下吧。”

“你都说些什么呀？”岛村站起来。

他一把将女子拽过去。

女子不住转头，左右躲闪，突然她急剧地伸出嘴唇。

然而，其后她又像病中说胡话一样，倾诉满心的苦楚。

“不行，不行，您不是说好了要做朋友的吗？”

这句话她不知重复了多少遍。

岛村被她那真诚的声音打动了。他皱起眉头，紧绷着脸，拼命控制自己。这种强烈的压抑使他兴味索然，他想信守和女子的约定。

“我还有什么可惜的呢？我绝不是可惜我自己。不过，我不是那种女人，我不是那种女人啊！您自己不是说过吗？这样就不能长久了。”

她醉意朦胧，浑身酥软。

“这可不怪我呀，都是您不好。您输啦，都怪您，不怪我呀。”她虽然说得过于直露，但依旧抑制满心喜悦，咬住袖子不放。

好一阵子，她显得有些失魂落魄，安静了下来。忽然，她尖厉地叫道：

“您在笑我，对吗？您在嘲笑我呀！”

“我没有笑你。”

“您心里在笑我！现在不笑，以后肯定还会笑我的！”女子俯伏着身体抽噎起来。

随后，她立即止住哭，紧紧依偎着他，温婉而亲密地详细谈起自己的身世。醉态里的那种痛苦仿佛一扫而光，对刚才的一切绝口不提了。

“真是的，只顾着说话，什么都不知道啦。”这回，她倒扑哧笑了。

她说趁着天还没亮必须赶回去。

“夜还很黑，这里的人都起得很早啊。”她几次站起来，打开窗户朝外看看。

“还看不见人影呢。今早下雨，没人下田吧?”

可是，雨夜里，等到对面山峦和山坡上的房屋依稀可见时，女子依旧不舍得离开。但她还是赶在旅馆的人起床之前，整了整头发，又怕岛村送她到大门口会被别人看到，于是慌慌张张逃也似的独自跑了出去。岛村当天也回东京了。

四

“你那时候说的话，看来是骗我的。要不然，谁会在年关跑到这个寒冷的地方来？那以后我也没有嘲笑过你呀。”

女子蓦地抬起脸，贴在岛村掌心的眼皮至鼻子两侧，一片绯红透过浓厚的白粉显露出来了。这颜色使人联想到雪国之夜的寒冷，但由于那一头乌黑的秀发，同时也让人感到无上的温馨。

她的脸上漂浮着炫目的微笑。这期间，她是想起“那时候”来了，似乎是岛村的一句话渐渐浸染了她的身子。女子蓦然垂下头，露出后颈，一直可以窥见殷红的脊背，仿佛剥离出一个鲜润而充满爱欲的裸体，在头发的映衬之下，更加相得益彰了。额头上的刘海儿细而不密，但根部粗壮，像男人的头发，没有一丝茸毛，宛若乌黑而厚重的矿石，光耀动人。

他手里第一次接触如此冰冷的头发，吓了一

跳，他以为这并非寒冷的缘故，而是这种头发本身就是如此。岛村重新审视着，女子已经在被炉上面掐指计算开了。她算个没完没了。

“算什么来着?”他问道，她依然默默扳着指头。

“五月二十三日是吧。”

“是吗，是在数日子。七八两个月可都是大月啊!”

“嗯，第一百九十九天。正好是一百九十九天呢!”

“真亏你还记得五月二十三这天。”

“看日记就立即明白啦。”

“日记？你每天记日记吗?”

“嗯。看旧日记很有趣。一个不漏全都写在上头了。自己读也觉得不好意思呢。”

“从什么时候?”

“到东京做陪酒女前不久。那时候手头紧，自己买不起日记本，就花上两三文钱买个杂记本，用直尺打上细格子，看样子铅笔削得很尖，所以线画得很整齐。于是，从上至下布满了密密麻麻蝇头小字。等到自己有钱买了，就不行了，用起来大手大脚的。练字本来是用的旧报纸，后来就直接在一卷卷信纸上练起来了。”

“你一直坚持记日记吗?”

“嗯，十六岁和今年最有意思。经常从酒宴上回来，换上睡衣就写日记。回来时已经很迟，写着写着就睡着了，即使现在看看，也能记起当时一些事情。”

“可不是吗。”

“不是天天都记，也有间断的日子。这山里头的筵席还不都是老一套？今年买到了每页都带月日的，谁知又失算了，因为一写就写得很长。”

比起日记，更让岛村意外的是女子记录小说的举动。没想到她从十五六岁时候起，就把读过的小说一一记下来了，这种杂记本有十本之多。

“写不写感想呢?”

“不会写感想，只是记下题目和作者，还有书里出现的人物的名字，他们之间的关系等等。”

“光是记下这些有什么用啊?”

“是没有用。”

“简直是徒劳。”

“可不是吗。”女子毫不介意地明确回答。她深深地盯着岛村。

完全是徒劳！岛村不知为何，总想再强调一下，这时，他全身忽然被寂静征服了，这种可以倾听积雪崩裂的寂静，竟是从女子身上产生出来的。岛村明明知道，对于女子来说这并非徒劳，他的脑袋瓜里蹦出“徒劳”这个字眼儿，反而使他感到她的存在是多么纯粹。

从她话里可以得知，这女子所说的小说，同日常所使用的“文学”这个词毫无关系。她和村里人之间谈不上什么友谊，只是交换着读读妇女杂志，然后完全孤立地各人看各人的书，既无选择，也不求甚解。她只是在旅馆的客厅等处发现有些小说和杂志，随之借来读读罢了。不过，她也记住了一些新锐作家的名字，这些名字岛村基本都知道。然而，她的口气仿佛是在谈论外国文学里遥远的故事，充满了一个毫无欲求的乞丐的哀鸣。岛村想，这就好比他借助外国书籍上的照片和文字，相隔万里，凭空想象西洋舞蹈究竟是什么样的舞蹈一样。

她又兴致勃勃谈起自己没有看过的电影和戏剧，似乎好几个月都在如饥似渴寻找这样一位谈话的伙伴。一百九十九天前那阵子，也是这般热烈地交谈着，并且主动投到岛村的怀抱。她好像忘记当时是如何冲动，她自己的语言所描画的情景似乎又使她的身体燥热起来。

但是，这种对于都市事物的憧憬，如今也实实在在变得无可指望了，只成了缥缈的梦境。因此，较之那些都市逃亡者高傲的不平情绪，她更有着强烈的单纯的徒劳之感。她自己丝毫不因此而表现一副颓唐的样子，但在岛村眼里，却充满莫名的哀怨之情。假如一味沉沦于这种境况，那么岛村自己的存在也将变得徒劳，进而陷入迷茫的感伤之中。然而眼前的她，在山野气息的熏染下却焕发着青春的朝气。

不管怎样，岛村都要对她重新审视，她现在当艺妓了，岛村反而难于开口了。

那个时候，她烂醉如泥，浑身麻木。

“什么呀，这个玩意儿，是什么呀？畜生，畜生！我累了啊！这玩意儿。”她烦躁不安，照着自己的胳膊肘猛咬一口。

她站不起来，身子一骨碌倒下了。

“我绝不是可惜我自己。不过，我不是那种女人，我不是那种女人啊！”她想起她说过的话，岛村一泛起犹豫，女子很快注意到了，她立即加以反驳。

“是零点的上行车呀！”[1]趁着正好同时响起的汽笛声，她站起身子，气急败坏地猛然打开格子窗和玻璃窗，一跃坐到了窗台上，背靠着栏杆。

一股冷气流进屋子。火车的鸣叫渐去渐远，

1 当时一日之间火车很少，来往车次定时运行。

仿佛听到夜风的声音。

“喂，不冷吗？傻瓜!”岛村也走了过去，没有风。

一派冻雪崩裂的声响，仿佛在地层底下鸣动。严酷的夜景，没有月。谎言般众多的星辰，抬头一看，明光耀眼，闪闪飘浮，似乎皆以虚幻的速度继续沉落下去。群星渐次接近眼眉，天空渐渐高远，夜色更加幽邃。国境的山峦重重叠叠，模糊难辨，厚重的黑暗沉沉垂挂于星空的四围。一切都达到了一种清雅和静谧的调和。

女子发觉岛村走近她，立即趴在栏杆上。她一点儿也不显得纤弱，在夜景的衬托之下，她的姿影显得无比坚强。又来啦，岛村立即有了某种预感。

然而，山色尽管黑暗，但鲜丽的、银白的雪色映照得山野生机勃勃，于是，山峦使人感到似乎透明而又静寂。天空和山野谈不上调和。

岛村抓住女子的领口。

“要感冒的，这么凉。”他猛然把她往后拖，女子抓住栏杆哑着嗓子说：

“我要回去。”

“回去吧。”

“让我再这样待一会儿。”

“那我先去洗澡啦。”

“不要走，就待在这儿吧。”

“把窗户关起来。”

“让我在这里再待一会儿吧。”

村庄的一半掩映在守护神杉树林的绿荫里。乘汽车不用十分钟就到车站了，那里的灯火灼灼闪耀，仿佛将要被严寒摧毁，发出了毕毕剥剥的响声。

女子的面颊，窗户上的玻璃，还有自己的棉袍袖子，对于岛村来说，凡是手接触的地方，都使他第一次感到冰凉难耐。

脚下的榻榻米也冷起来了。他想一个人去洗澡。

“等等，我也去。”这次女子爽快地跟他一道去。

女子把他胡乱脱掉的衣服收拾到竹筐里，这时，进来一个男浴客，他一眼看到将脸藏在岛村胸前的女子。

“哦，对不起。”

“不，请吧，我们到那边的浴池去。”岛村立即应道。于是，光着身子抱起散乱的衣筐走向隔壁的女子浴池。女子当然装作一副夫妻的样子来。岛村默默不响，也不回头看一下，火速跳进了温泉。他放心地高声大笑，接着又连忙对准喷水口漱了漱嘴。

回到屋子，女子横卧着，微微抬起头，用小手指拢一下鬓发。

“好可悲呀。”她只说了这么一句。

女子似乎半睁着乌黑的眸子，凑近一瞧，原来是眼睫毛。

神经质的女子一直没有合眼。

坚挺的腰带发出很大的声响，岛村似乎醒了。

“这么早把您吵醒，实在不好意思。天还黑着吧。哎，不过来看看我吗?”女子熄灭电灯。

“能看见我的脸吗？看不清楚吗?”

“看不清楚，天还未亮啊。”

“瞎说，您再仔细瞧瞧。”女子敞开窗户。

“坏啦，能看见了。我得回去。”

这黎明的寒冷令人惊奇，岛村从枕上抬起头，天空还是夜色，山野已是早晨。

“对啦，不碍的，眼下是农闲时节，没有人一大早就外出的。不过，会不会有人上山呢?”她一个人自言自语。女子拖着扎了一半的腰带走着。

“现在五点的下行车没有乘客，旅馆的人都还没起床。”

腰带扎好了。女子走了一会儿，又坐了一会

儿，接着她不断走到窗边盯着外面。就像夜行动物害怕早晨一样，她来回转悠，坐立不安，仿佛妖艳的野性发作了。

不知不觉，屋里明亮起来，女子绯红的脸庞十分显眼，岛村惊呆了，他凝神看着那艳丽的红潮。

“瞧，脸蛋儿都冻得发红啦!”

“我不冷。那是洗掉白粉的缘故。我一钻进被窝,一股热流直冲脚尖呢。”她转向枕畔的镜台。

“天终于亮啦！我该回去啦!”

岛村看着外面，一下缩回了头。镜子深处白光闪耀，那是雪。雪里浮现着女子艳红的面颊，显现出无可形容的清洁和俊美。

太阳升起来了，镜中的雪光冷艳似火，一片灿烂。女子的头发随着雪色飘浮，散射着紫黑的光亮。

五

旅馆的墙脚下开挖了一圈淌水沟，利用浴池里排放的热水溶化积雪，大门口形成了一个泉眼般浅浅的水洼。一条黧黑、肥壮的秋田狗，踩在脚踏石上久久舔着热水。库房里的客用滑雪板搬出来晾晒，那幽微的霉味儿经热气一熏，变淡了。雪块打杉树枝上掉下来，落在公共浴场的屋顶上，暖暖地散开了。

不久，从岁暮到新年，那条道路将被暴风雪封锁，再也看不见了，要去赴宴，就得套上防雪裤[1]，脚蹬长筒靴，披上斗篷，裹紧面纱。那个时候的雪深达一丈。再说眼下，岛村正在下山，他走的正是女子早晨从山上旅馆窗口俯视的山路。然而，透过路边高高晾晒的襁褓下面，可以窥见

1 防雪裤：原文为“山袴”（sanpaku），别名“雪袴”（yukibakama）、“猿袴”（sarubakama）。腰肢部宽松，小腿以下紧缩，便于日常劳作。

国境上的群山，闪耀着悠闲的雪光。青绿的葱还没有被雪掩埋。

田地里，村中的孩子在滑雪。

从公路下来一踏进村口，就能听到静静的雨滴般的声音。

屋檐下小小的冰凌柱泛着可爱的光芒。

一个洗澡归来的女人用湿手巾揩着额头，迎着炫目的雪光，抬眼望着屋顶上正在除雪的汉子，叫道：

"喂，顺便也给我们这边除一除吧。"

她似乎是趁着滑雪季节早早流落来这里帮工的女佣。隔壁玻璃窗上的彩画也陈旧了，屋脊歪斜着，这是一家饮食店。

家家户户的屋顶大都葺着细木板，上面排满了石头。那些浑圆的石头向阳的半面在雪里露出黝黑的质地，那黝黑的颜色是因为濡湿、更因为长久经受风雪的侵蚀而形成的。而且，那一排排低矮的房屋都和那些石头一样，乖乖地蹲伏于北国的这个角落里。

一群儿童一次次从水沟里抱来冰块，扔在路上玩。大概摔碎时飞散的冰块光闪闪的，很有趣吧。岛村站在太阳地里，感觉那冰块厚得令人难以相信，他盯着看了好半天。

一个十三四岁的女孩儿一个人靠在石墙边结毛衣。防雪裤下是高齿木屐，没有穿白布袜，赤裸的足踵裂了口子。一个三岁光景的小女童坐在她身旁的木柴堆上，不在意地握着线团。一根毛线从小女童扯向大女孩儿，这根灰色的旧毛线也发出温暖的光亮。

七八家滑雪板制造厂里传来刨木头的声音。对面的屋檐下有五六个艺妓站着聊天。那位今早才从旅馆侍女嘴里知道艺名叫驹子的，也在这里头。好像是她先看到岛村一个人走着，带着极为认真的表情。一定是满脸通红，故意装出无所谓的样子吧？岛村无暇考虑这些，驹子却早已红到了脖颈。要是那样，完全可以回一下头，可是她偏偏局促地低着眉，一面随着他的脚步微微掉过脸去。

岛村脸上发烧，匆匆而过。驹子立即追过来。

“真叫人难为情啊，您怎么打这里走过？”

“难为情？我更是难为情呢。你们这么多人，差点儿吓退了我，平时也都是这样吗？”

“可不是，吃过午饭就到这里来。”

“你红着脸吧嗒吧嗒追过来，不是更加难为情吗？”

“管它呢。”驹子干脆地说，脸上又红了。她伫立不动，一把抓住道旁的柿子树。

“我以为您会路过我家里，才跑到这儿来的。”

“你家在这儿吗？”

“嗯。”

“给我看日记，我就去。”

“那些劳什子，我要是想死都会预先烧掉。”

“你家里有病人吧？”

“哎呀，您都知道？”

“昨晚上你不也去接车了吗？披着深蓝的斗篷。我也乘那班车，就坐在病人附近。旁边有位姑娘亲切而认真地照料着病人，那是他的妻子吧？是从这里去接的？还是从东京来的？就像母亲一样，我都看得受感动了。”

“您真是，这事昨晚怎么没给我说？干吗瞒着我？”驹子有些动怒了。

“是他妻子吧？”

然而，她没回答他。

“为什么昨晚不说？真是个怪人！”

岛村不喜欢女子这般厉害。不过，把女子惹怒的原因既不在岛村也不在驹子本人，看来这是驹子性格的展现。总之，岛村反复受到她的诘难，似乎被她触到了要害之处。今朝看见映在镜子中的驹子时，岛村也自然想起暮景里映在火车窗玻璃里的姑娘，可是为什么没把这档子事告诉驹子呢?

“有病人也不碍事，反正不会有人到我屋里来。”驹子闪入低矮的石墙。

右首是覆盖白雪的田地，左面沿邻家的围墙站着一排柿子树。房前是花圃，正中间有个荷塘，里面的冰被捞到了岸边，红鲤鱼在水里游动。房子枯朽得似柿树的老干，积雪斑驳的屋顶，木板烂了，庇檐歪歪扭扭。

进入门内，一阵透心的寒冷，摸黑登上了梯子。这确实是个梯子,上面的房间也是真正的阁楼。

“这里是蚕宝宝的房子，很感惊讶是不是?”

“要是喝醉了回家,还不经常打梯子上摔下来?”

“是要摔下来。不过那时一坐进被炉，大体就那么睡着了。”驹子将手伸进被炉的被子底下试了试，然后去取火。

岛村环顾一下这座奇怪的房子，南边只开着一扇低矮的窗户，细木格子门新贴了纸，光线很明亮。墙壁上仔细地糊着白纸，所以好似钻进了旧纸箱子。但头顶的屋脊内部整个儿低俯在窗户上，脑门上仿佛笼罩着一团“黑色的寂寞”。他猜想，墙壁的对面该会是怎样的呢?这座房子犹如吊在空中，有一种不稳定之感。但墙壁和榻榻米虽然古旧，却非常清洁。

驹子蚕一般透明的身体，就住在这里吗？

被炉上的被子是和防雪裤一样的斜纹棉布做的，衣箱陈旧了，却是纹路整齐的桐木，浸染着驹子东京生活时期的馨香。与此不大相称的是那只粗糙的镜台。红漆的针线盒依然闪耀着华贵的光泽。墙上嵌入一块块木板，那是书柜吧，上面垂挂着毛织的帘子。

昨夜的宴会服挂在墙上，衬衫露出枣红的里子。

驹子拿着火铲，很麻利地登上梯子。

“虽说是打病人屋里取来的，但这火可是干净的。”她低俯着刚理的发髻，拨弄炭火。听说病人患的是肠结核，是回老家等死的。

虽说老家，少爷也不是生在这儿。这村子是母亲的娘家。母亲在港镇做艺妓，后来就在那里当舞蹈师傅，没到五十岁就患上中风病，回到这个温泉地疗养。少爷从小就喜欢摆弄机器，进了一家钟表店，留在港镇。不久又到东京，上了夜校。身子也许吃不住了。今年才二十六岁。

驹子一气说了这么多，但是带少爷回来的那位姑娘是谁？驹子为什么待在这个家里？依然一句都未提及。

然而光凭这些，在这座悬在空中的房子里，驹子的声音也能传到了四面八方，岛村心里很不踏实。

走出门口，一件东西泛着白色闯入眼帘，回头一看，是桐木的三味线盒子。似乎比实物又长又大，背着这玩意儿赴宴简直令人难以置信。正当这时，煤烟熏黑的隔扇打开了。

“驹子姐姐，可以从这上面跨过去吗?”

清澄而优美的声音近乎悲戚。这声音似乎又从哪里弹回来了。

岛村记得，这是那位叶子姑娘从夜行火车的窗口呼叫站长的声音。

“可以。”驹子回答。叶子穿着防雪裤，蓦地跨过三味线，她手里拎着玻璃尿壶。

昨晚和站长谈得很熟，又穿着防雪裤，看来叶子明明是这一带的女孩子。一副华丽的腰带有一半露在防雪裤外头，黄褐色的防雪裤和黑色的粗纹棉布十分惹眼，毛织的长袖也一样鲜艳夺目。防雪裤在两膝上边开衩，看起来宽松肥大，而且又是硬挺的棉布，似乎显得很舒适。

叶子冷不丁睃了岛村一眼，一声不响地走过门口。

岛村来到外面，叶子的眼神在他额上烧得他

难以忍受。那眼神像遥远的灯火一般寒冷。为什么呢？当他凝望映在火车玻璃窗里叶子的容颜时，山野的灯火从她眼前流去，灯火和眼眸相重合，欻然一亮的当儿，岛村为着那种难以言说的美丽而惊颤不已。他抑或回忆起昨夜的印象来了吧？说到这个，他也同样想起镜里一派白雪之中浮现出的叶子的红颜。

他加快了脚步。尽管生就一双肥硕、白嫩的腿脚，但喜欢登山的岛村，仍一面眺望着山野，一边轻松愉快地走着，不觉之间便疾步如飞。对于随时拿得起放得下的他来说，那夕暮的镜子和晨雪的镜子，很难使人相信是人工做的。那是一面自然的镜子，那是一个遥远的世界！

就连刚刚离开的驹子的小屋，也已经成为遥远的世界。他对自己甚感惊讶，登到坡顶，一位按摩女走来，岛村立即盯住她问：

"按摩师傅，能给我揉揉吗？"

"那么，现在是什么时辰了？"说罢，她把竹杖夹在胳肢窝里，右手从腰带里掏出带盖的怀表，用左手指摸索着表盘。

"二时三十五分过了。我三时半必须赶到车站，不过迟一点儿也没关系。"

"你能清楚地知道钟表的时间？"

“我把玻璃盖子拿掉了。”

“一摸就能知道了吗?”

“数字摸不到。”她又一次掏出女子用起来稍大的银制大怀表，打开盖子，这里是十二点，这里是六点，正中间就是三点，她按着手指示意地说。

“然后加以推算，一分不差不敢说，但绝不会有两分的误差。”

“是吗，你走坡道不怕滑倒吗?”

“下雨时女儿会来接的。晚上给村里人按摩，已经不大上山啦。旅馆的侍女说是我丈夫不放我出来，真是没法子。”

“孩子都大了吧?”

“是呀，大女儿十三啦。”她说着进了屋，默默按摩了一会儿。远方的筵席上传来三味线的声音。

“这是谁呀?”

“从三味线的音色上，你能知道是哪个艺妓弹的吗?”

“有的能知道，有的不知道。老爷，看来您过的是好日子，细皮嫩肉的。”

“不感到僵硬吧?”

“论僵硬，脖子挺僵的。身子生得很匀称，不喝酒是吧?”

"你什么都知道啊!"

"我还熟悉三位客人,他们的体形和老爷您一样。"

"我的这种体形平凡至极啊!"

"可又说回来,不喝酒还有什么意思呢?借酒浇愁嘛。"

"你丈夫喝不喝酒?"

"怎么不喝,真难办呀!"

"这是谁在弹三味线?好难听啊!"

"可不。"

"你也弹琴吗?"

"弹的,从九岁练到二十岁,有了丈夫之后,十五年没弹啦。"

岛村想,盲女看起来比她年龄更显得年轻。他问道:

"你小时候学琴艺还是蛮扎实的吧?"

"手是已经变成按摩师的手了,但耳朵还能分辨。所以一听到艺妓弹得这么糟,心里就着急。真的,就好像过去自己弹的那样。"说着,她又侧耳细听:

"这是井筒屋的文子那丫头吧?弹得最好的和弹得最差的我全都清楚。"

"谁弹得最好?"

“驹子那孩子，年纪轻轻，这阵子弹得可熟练啦!”

“唔。”

“少爷，您认识她吗？说她一手好琴艺，也只是在这座山村里。”

“不认识。不过，她师傅的儿子回来了，昨晚我和他同一趟火车。”

“哦，他病好以后回来的?”

“看样子还没有好。”

“啊？听说那位少爷长期在东京治病，驹子这孩子今年夏天当了艺妓，挣钱给他寄去了住院费，这到底是怎么回事啊?”

“你是说那个驹子?”

“看在未婚夫这个份上，能尽力的也都该尽力做好，可这样下去何时能了呢?”

“你说是她未婚夫，真的吗?”

“是的，听说是未婚夫。我也不清楚，都这么传说呀。”

在温泉旅馆听按摩女讲艺妓的身世，虽说极为寻常，可是反而会遇到一些意想不到的事情。驹子为了未婚夫去当艺妓，这也是小事一桩，不过在岛村看来，他感到不可理解。也许这件事本身是同道德规范相冲突的缘故。

他还想继续更深入地问个仔细，可是按摩女却沉默不语了。

驹子是师傅儿子的未婚妻，叶子是他的新情人。可是，那儿子不久就要死了，岛村的头脑又泛起“徒劳”这个词。驹子守住未婚妻的名分，甚至卖身为他挣钱治病，这不是徒劳又是什么呢？

岛村盘算着，要是再见到驹子，就迎头给她一句“徒劳”。可转念一想，他反而感到她的存在是纯粹的了。

这种虚伪的麻木藏着寡廉鲜耻的危险性，岛村细细品味着其中的奥秘。按摩女走了之后，他躺下睡了，可心底里一阵冰冷。一看，窗户依然大敞着。

山峡里太阳很快掠过，寒冷的黄昏及早降临了。晦暗中，夕阳映照着远山积雪的峰峦，看起来近在咫尺。

不一会儿，远近高低的连山渐次清晰地显现出或浅或深的襞褶，淡淡的残曛流连忘返，积雪的峰顶晚霞灿烂。

村庄的河岸、滑雪场、神社，随处点缀着一团团杉树黝黑的阴影，十分显眼。

岛村正在承受一种虚幻的痛苦折磨的时候，驹子仿佛伴着温暖的阳光走了进来。

听驹子说，欢迎滑雪客的筹备会就在这家旅馆举行，她应召参加当晚的宴会。驹子坐进被炉，她蓦地抚摸了一下岛村的面颊。

“今晚上很白，挺怪的呀。”

她就像要揉碎似的抓起他脸上柔软的肌肉。

“您是傻瓜！”

她有点儿醉了。宴会结束后，她又来了。

“不知道，我不知道。头疼，我头疼！啊，真难，真难啊！”她说着，一头倒在镜台前边，醉醺醺的，脸上闪过奇怪的表情。

“我很渴，快给我水喝！”

她双手捂着脸，顾不得发型散乱，倒在地上，不久又坐起来，用冷霜洗去白粉，露出通红的面庞，驹子独自一人得意地笑起来。有趣的是，她很快清醒了，瑟瑟地震颤着双肩。

接着，她用沉静的口吻对他说，整个八月，她都在患神经衰弱，头脑一直昏昏沉沉的。

“我担心我会发疯。我一直都在苦苦思索，我自己也不知道，究竟在思索些什么。好可怕呀！一点儿也不能睡觉，只是到筵席上才能安稳些。夜里老是做梦，吃饭也不香，拿起缝衣针在榻榻米上戳来戳去没个完。又是大热天。”

“当艺妓是几月里？”

"六月。要不然，我如今也许到浜松去了。"

"去成亲?"

驹子点点头。浜松的男人一个劲儿催她结婚。她一直不喜欢那个男人，所以很犹豫。

"不喜欢就拉倒，有什么好犹豫的!"

"不能那样说。"

"结婚？你还有那股子劲头?"

"讨厌，不关这个。不过，我不把身边的事情安排妥帖，是不会结婚的。"

"哦。"

"您说话太随便啦。"

"那么，你和浜松那个男人有过什么瓜葛吗?"

"要是有，谁还会犯犹豫呢?"驹子提高了嗓门。

"不过他说了，只要我待在这块地方，他就不许我和别人结婚。否则，他会不择手段地捣乱。"

"浜松那么个远地方，你还担心这个?"

驹子沉默好大一会儿。她一直躺着，仿佛在品味自己身体的温暖。她突然不经意地说：

"我当时还以为自己怀孕了呢。现在想想真可笑。嘻嘻嘻。"她掩口笑起来，立即缩着身子，两只手孩子般紧紧抓住岛村的衣领。

紧闭的睫毛看上去宛如半睁半合的黑色的眼眸。

六

翌日早晨，岛村醒来，驹子一只胳膊支在火钵旁，翻开一本旧杂志，在上头乱涂乱画起来。

“哎，我回不去了。侍女来添火，真叫人难为情，吓得我一骨碌爬起来，太阳已经照到格子门上。昨晚喝醉了，就这么稀里糊涂睡着了。”

“几点了？”

“已经八点了。”

“去洗澡吧。”岛村起身了。

“不，走廊上会碰到人的。”她又变成一个规规矩矩的女子了。岛村洗完澡回来，她随即顶起一块手巾，动作麻利地打扫着房间。

她有些神经质地揩拭着桌腿和火钵的边缘，平整炭火也十分熟练。

岛村把腿伸进被炉，悠闲地躺卧着，烟灰掉落下来，驹子用手帕悄悄擦去，拿来了烟灰缸。岛村爽朗地笑起来。驹子也笑了。

“你要是有了家，丈夫肯定成天要挨你骂的。”

“可我什么也没骂呀。人家老笑话我，说我就连要洗的脏衣服也叠得整整齐齐。生就的，没办法。”

“所以说嘛，看看壁橱，就知道这家女人怎么样。”

早晨的太阳照得屋子暖洋洋的。

“真是好天气，要是早点儿回去，练练琴该多好。这样的天气，音色也不同啊。”

驹子一边吃饭，一边抬眼望着湛蓝的天空。

远处的山峦，白雪似烟，群峰包裹在乳白色的轻雾之中。

岛村想起按摩女的话，说在这里也能练琴，驹子霍然站起身来，给家里打电话，叫把换洗的衣服和长歌[1]歌谱一起送过来。

岛村心想，白天见到的那间屋子也有电话吗？这时，他脑子里浮现出叶子的一只眼睛。

“是叫那个姑娘送来吗？”

“也许是吧。”

“听说，你就是那家少爷的未婚妻？”

“哎呀，您什么时候听说的？”

---

1 长歌：江户初期，日本上方（大阪、京都）地区流行的长篇三味线曲。

“昨天。”

“真是个怪人，听说就听说了呗。昨晚为何不告诉我一声?”不过，这回同昨天白天不一样，驹子一直都是一副清纯的笑容。

“我不想伤害你，所以才没说。”

“心里根本不是这样，东京人，都爱撒谎，我讨厌。”

“瞧，我一开口你就打岔，不是吗?”

“不是，您真的这么想?”

“真的。”

“您还在骗人。您明明不是这样。”

“我开始不理解，可是听说，你为了这门婚事当了艺妓，挣钱为他交医疗费。”

“讨厌，简直像演新派剧[1]一样。谁说我定亲了？好些人都这么看。我也不是为了别人当艺妓，不过，我能做的还是应该做。”

“你说的我一点儿也猜不透。”

“直说了吧，师傅也许有这番意思，觉得我和

1 新派剧：一种对抗所谓旧剧歌舞伎的戏剧。明治中期，川上音二郎等，倡导当代题材的戏剧运动。初以自由民权思想的壮士为主角，后来脱离政治色彩，转而取材于社会问题，作为一门新的剧种而成长起来。明治末期，结合社会现实，以上演催人泪下的悲剧为主。此处借以比喻容易引起悲伤的话题。

她家少爷可以在一起。这只是她的想法，嘴里从来没说过。师傅的心思，少爷和我也都约略知道些，可我们俩并没有什么。就这些。”

“你们是青梅竹马吗？”

“那倒是，可我们天南海北，不生活在一起。我卖到东京的时候，他一个人来送我。最老的日记第一页上，这事都写着呢。”

“要是两人都在港镇，现在说不定成家了呢。”

“我觉得不会的。”

“是吗？”

“不要为别人操心吧，都是快死的人了。”

“可住在外边总是不好。”

“您哪，说这些就不好啦。只要我爱干，一个将死的人又怎样管得了呢？”

岛村无言以对。

可是，驹子还是对叶子的事一字不提，这是为什么呢？

还有那位叶子，在火车上像年轻母亲一样忘我地照顾着病人，把他送回家来，今早又给和这个男人有着某种关系的驹子送换洗的衣服，她究竟是怎么想的呢？

岛村正在不着边际地胡思乱想。这当儿，忽然听到一种低沉而清澈的声音，正是叶子优美的呼唤。

“驹子姐姐，驹子姐姐！”

“哎，辛苦啦！”驹子走进里边的三铺席房间。

“叶子妹妹来啦？哎呀，这么重，真难为你啦！”

叶子似乎默默回去了。

驹子用指头拨掉第三根弦，换了新的，调准了音。其间，他已经知道她的嗓音十分清澈俊雅，打开被炉上包着一大沓乐谱的包袱一看，除了一般练习曲之外，还有杵家弥七[1]的《文化三味线谱》二十册。岛村感到很意外，他拿起一本来，问：

“就用这些作为练习曲吗？”

“这里没有师傅，实在没办法呀。”

“家里不是有个师傅吗？”

“中风啦。”

“中风，嘴还能动啊。”

“嘴也不灵啦。教舞蹈，只能用还能动的左手纠正动作，可弹起三味线来不堪入耳。”

“只看乐谱明白吗？”

“都明白。”

---

1 杵家弥七（1890—1942）：本名赤星曜，二世弥七的门弟弥寿治之女。大正五年（1916）袭名四世弥七。为实现三味线音乐乐谱化而呕心沥血，完成《文化三味线谱》。进而通过广播普及文化谱，致力于发展长歌。

“不说良家淑女，单说艺妓，在这遥远的山里，竟然令人敬佩地专心演练高雅的三味线入门曲，乐谱店老板知道了也一定很高兴吧？”

“酒宴上主要是跳舞，后来到东京也是学的舞蹈。三味线只略略记得一些，忘记了也没有人给予指点，全仗音谱啦。”

“唱歌呢？”

“哦，唱歌呀？学跳舞的时候也听熟了一些，还算凑合，新的歌是从广播里学，自己也不知道怎样。其中还有自己瞎琢磨的，想必很好笑吧。还有，在熟人面前不出声，碰到陌生人倒能放开嗓门大声唱。”她有些羞赧，摆了摆姿势，紧紧盯着岛村的脸，仿佛说“您点吧”。

岛村一下子被她慑服了。

他生在东京下町，从小熟悉歌舞伎和日本舞，听惯长歌的词句，自然也就记住了。但他没有亲自学习过。

一说起长歌，他首先浮现于脑海中的是舞姿翩跹的舞台，而不会想到艺妓卖笑的筵席。

“真没劲，您真是个最叫人头疼的客人啊！”驹子咬住下唇，将三味线横放在膝头。不过，她似乎换了另外一个人，认认真真摊开练习歌谱说：

“今秋，一直都是练的这个谱子。”

她指的是《劝进帐》[1]。

忽然，岛村浑身一阵透凉，几乎使他绷紧了面颊，一股清冷之气直达五脏六腑。在他那朦胧虚空的头脑里，响彻了三味线的弦音。这音乐使他大为惊奇，更将他击倒在地。他承受着虔诚之念的冲撞和悔恨之思的洗礼，自己已经毫无气力，只好舍身于驹子的艺术长河之中，任其随波逐流，以图心神涤荡之快。

一个十九、二十光景的山野艺妓，弹起三味线，琴艺竟然如此高妙，弹奏的地点虽说是筵席，但这不正像舞台上的音乐吗？岛村转念又想，这也许只是自己对于这片山野的感伤之情所致吧。驹子时时生硬地念一句歌词，就说这里节奏太慢，又很麻烦，干脆跳过去。她不知不觉忘情地提高了嗓门，嘈嘈的弦音也激越地响彻四面八方。岛村害怕了，这种音乐究竟会传向哪里呢？于是他有些虚张声势地枕着胳膊躺下了。

《劝进帐》一曲终了，岛村放下心来，“哦，这个女子爱上我了”，想到这里，他心绪一阵悲凉起来。

---

1 《劝进帐》：歌舞伎十八番之一，独幕剧。三世并木五瓶词，四世杵屋六三郎曲。叙述源义经为逃脱源赖朝迫害，与家臣辨庆装扮成化缘和尚，巧妙通过安宅关的故事。

“这样的天气，音色也不同啊。”他抬头仰望雪后的晴天丽日，想起驹子说的这句话。空气也不同往常。既没有墙壁，也没有听众，更没有都市的尘埃，只有音乐透过这个纯粹冬日的早晨，径直飞向远方积雪的山峦。

永远面对山峡这片大自然的景观，不知不觉之间，她已经将其当作听众，一直进行孤独的练习，这早已形成了她的习惯，所以弹拨的力量自然强劲起来了。这孤独踏破哀愁，蓄积着野性的意志和力量。虽有几分基础，但从阅读音谱学习复杂的音曲，到撇开音谱独自弹奏，一定是靠着坚忍不拔的毅力而付出无数次努力才获得的吧？

驹子的生存方式，被岛村看成虚空的徒劳，哀叹为遥远的憧憬。然而，她却凭借自身的价值，弹拨出凛凛动听的音乐！

岛村的耳朵无法辨认她是如何灵巧挥动着那双纤指，他单凭音乐感情加以理解，但对于驹子来说，他是一名相当好的听众。

当弹到第三支曲子《都鸟》[1]的时候，也许因为曲调本身过于柔艳，岛村紧张的心情放松了，

---

1 《都鸟》：安政二年（1855），二世杵屋胜三郎创作的长歌曲。描写东京隅田川春夏之交的美景，借助河中雌雄相从、浮沉嬉戏的都鸟，歌颂男女欢爱之情。曲调高雅。

变得温馨而安然，他一味紧盯着驹子的面颜。于是，他越发体会到一种肉体的亲近之感。

细而高耸的鼻梁，虽然显得很平常，但面孔生动、高雅，仿佛窃窃地自语："我就在这儿。"优美而鲜润的朱唇，紧紧吮缩在一起时，看上去光亮细腻，似乎还在微微蠕动，虽然会随着歌唱时而张大，但又立即缩小下来，显得楚楚可爱，和她全身的魅力十分相合。微弯的眉毛下，眼角既不上挑，也不下垂，故意描成直线的眼睛，如今盈盈生辉，闪动着稚气的光芒。她没有施白粉，都市的接客生活，使她通体明净，且染上几分山野之色。浑身的皮肤宛若新剥的百合或玉葱的球茎。她的颈项红润润的，看上去洁净无比。

她端然而坐，看起来像一位靓妆少女。

临了，她说眼下正在学习《浦岛新曲》[1]，一边看谱，一边弹奏。驹子默默将琴拨子塞进琴弦，随之放松了姿势。

她立即变得风情万种，妩媚动人。

岛村没有说话，驹子也无心听取他的评论，她只是一味陶然自乐。

"这里的艺妓弹三味线，你只要听一下就能

---

1 《浦岛新曲》：以浦岛传说为题材的舞蹈剧。坪内逍遥作。

知道是谁吗?”

“我当然知道。不到二十个人呀。要是弹都都逸[1]就更好分辨了。这曲子最能弹出个人的特点来。”

然后，她捧起三味线，移动一下蜷曲的右腿，将琴担在小腿肚上，腰肢转向左侧，身子倾向右方。

“从小就是这么练习的。”她瞅着琴把子唱起来：

“黑——发——的——呀……”随着稚气的歌唱，响起铮铮的琴声。

“你一开始学的就是《黑发》[2]吗?”

“哪里呀。”驹子还像小时候那样摇着头。

---

1 都都逸：描写男女情爱的俗曲曲式，由七七七五共二十六音组成。

2 《黑发》：练习长歌时的短曲。描写伊东佑亲的女儿辰姬与源赖朝相恋，后让情于政子，自己一边梳头，一边为相思所苦的情景。

七

从此以后，驹子在这里过夜，也不硬要赶在天亮之前回去了。

“驹子姐姐！”廊子远处传来了语尾上挑的呼喊声，是旅馆里的小女孩。驹子把她抱进被炉，一心一意逗她玩耍，快到中午，她带着这个三岁的小女孩去洗澡。

洗完澡又给她梳头。

“这孩子一见到艺妓，就尖声地叫‘驹子姐姐’，最后一个字声音很高。照片或画面只要有留着日本发型的，都成了‘驹子姐姐’。我喜欢小孩，知道孩子在想些什么。小君呀，到驹子姐姐家里玩吧。”她站起身来，又悠闲地坐到廊下的藤椅上。

“东京人好性急呀，这么早就滑起来啦！”

这间房子位于小山之上，可以清晰地看到南面山脚下的滑雪场。

岛村也从被炉里转过头去，只见斜坡上面白雪斑驳，五六个身着黑色滑雪服的人一直在山下稻田里滑着。那层层梯田，尚未被积雪掩盖，坡度也不大，选的实在不是地方。

“好像是学生，赶上星期天了吧，那样玩法会有趣吗?”

“不过，他们滑的姿势都很好呢。”驹子悄声地自言自语：

“在滑雪场上碰到有艺妓打招呼，人们总是惊叫一声：‘是你呀?’她们在滑雪场上晒黑了皮肤，认不出来了。平时晚上看到的都是化了妆的。”

“也是穿的滑雪服吗?”

“是防雪裤。啊，真讨厌，真讨厌，在筵席上一碰上，就立即说：‘明天在滑雪场再见吧。’今年不想滑雪了。再见吧，喂，小君，咱们走吧。今夜要下雪。下雪之前天气很冷啊。”

驹子走了，岛村坐在她坐过的藤椅上。他看见滑雪场前头的山坡上，驹子牵着孩子小手往回走。

云彩出来了。背阴里的山和日光照耀的山重合在一起，时阴时晴，变幻不定，显出一派薄寒的景象。不一会儿，滑雪场倏忽蒙上一片阴影。视线转回窗户下边，只见干枯的菊花篱笆上早已凝结了晶莹的冰凌柱。然而，屋顶融化的雪水流进竹管里，淙淙之声不绝于耳。

夜里没有落雪。一阵冰霰过后，下了雨。

回东京前的一个夜晚，月色清雅，空气凛冽。岛村再次叫来驹子，虽说快到十一点了，驹子非要出去散步不可，怎么说都不行。驹子动作有些粗暴，硬把岛村拖出被炉，拉着他一道去了。

道路已经结冰，村庄寒森森的，寂悄无声。驹子撩起衣裾，掖在腰带里。月亮明净，宛如蓝色冰海上的一把利剑。

“到车站去！”

“你疯啦？来回要走七八里呢。”

“您就要回东京了吧？我去看看车站。”

岛村从肩膀到两腿，冻得发麻了。

一回到房间，驹子猝然显得神情颓唐，她把双手深深探进被炉，低着头，久久不肯去洗浴。

被炉上面蒙上一层被子，褥子紧挨着地下火钵的边缘，铺成一个被窝。驹子面对被炉坐在一旁，一直俯首不语。

“怎么啦？”

“我要回去。”

“瞎说！”

“好啦，您休息吧，我就这么坐着。”

"为什么要回去?"

"我不回去啦。天亮前我就待在这儿。"

"你这么闹别扭,不好。"

"我没有闹别扭,谁给您闹别扭了?"

"那好吧。"

"嗯?我受不了呀!"

"什么呀,怪不得,来吧,没关系嘛。"岛村笑了。

"不会难为你的呀。"

"不行。"

"真傻,到处乱闯一气。"

"我要回去。"

"不要走嘛。"

"受不了啦,好吧,您回东京吧。我太难受啦。"驹子在被炉上悄悄埋下头来。

所谓受不了,还不是害怕同客人的关系越陷越深?也许每到这个时候,她实在打熬不住了。女人的心思已经到这个份上了吗?岛村一阵沉思起来。

"您快回去吧。"

"我打算明天就走。"

"哎呀,您为什么要回去呀?"驹子醒过来似的抬起头。

“可我这样一直待下去，又能为你做些什么呢?”

驹子含情脉脉望着岛村，突然带着激烈的口气说：

“您不能这样，您不能这样啊!”她焦躁地站起身子，猛然搂住岛村的脖子。

“您呀，不该这么对我说。快起来，我叫您快起来，您就快起来嘛。”她一边诉说，一边倒了下来，一阵狂乱之中，完全忘记了自己的身子。

片刻过后，她睁开温润的眼睛。

“您明天真的要回去吗?”她沉静地问道，捡起了席面上的落发。

岛村决定第二天午后三点出发。他换衣服时，旅馆伙计把驹子叫到廊下。“行啊，就算十一个小时好啦。”驹子答道。也许伙计认为十六七个小时太长了吧?

一看账单，早晨五点回去算到五点，翌日零点回去算到零点，一切都按钟点计算。

驹子外套外边围着一条雪白的围巾，她把岛村送到车站。

为了消磨时间，岛村买了一些旅途当地的土产，如腌木蓼果、滑子菇罐头之类，还剩二十分钟。他到站前高坡上的小广场散步，举目四望，原来周围雪山攒聚，中间夹着这块褊狭的土地啊！驹子一头秀发抑或太黑了吧，在山峡一派沉寂的日阴景象之中，反而增添一层悲戚的感觉。

远方河流下游的山腹一个地方，不知为何，照射下来一团薄薄的阳光。

“我来之后，积雪大都消解啦。”

“不过，要是连着下上两天，立即就会达到六尺深。继续下去，连电线杆上的电灯都会埋进雪里。像您那样一边走一边想心事，弄不好撞到电线杆上，会碰得头破血流的！”

“那么深啊！”

“前头一所镇上的中学，听说大雪的早晨，从宿舍二楼的窗户里，有的学生赤条条地跳进雪里，身子一下子沉下去，不见了。就像游泳一样，他们只是在雪底下游来着。瞧，那边也有扫雪车。”

“很想来赏雪。但是过年时旅馆很拥挤，又怕火车被雪崩埋掉了。”

“您真会享福哩！您一直过着这种日子吗？”驹子盯着岛村的脸。

“为什么不留胡子呢？”

“哎，想留啊。”他抚摸着刚剃过的浓黑的须根，在自己唇边荡起一丝皱纹，使柔润的面颊更显得精神焕发。也许驹子就是对他这一点最感兴趣吧？他想。

“我说你呀，一旦洗去白粉，一张脸就像刚刚用剃刀刮过一样啊。”

“乌鸦又叫啦，真晦气。是在哪儿叫啊？好冷！”驹子仰望天空，两肘抱着双肩。

“到候车室烤烤火吧。”

这当儿，从公路拐进车站的宽阔路面上，身穿防雪裤的叶子，慌慌张张跑过来了。

“喂，驹子姐姐！行男哥哥他……驹子姐姐！”叶子气喘吁吁，就像一个从恶人手里逃脱的孩子死死缠住母亲，叶子一把抓住驹子的肩膀。

“快回去！情况紧急，快！”

驹子强忍肩头的疼痛，她闭着眼睛，脸色突然变得惨白起来，出乎意料地使劲摇了摇头。

“我要送客人，不能回去。”

岛村大吃一惊。

“送什么呀，你甭管啦。”

“这不好，我不知道您还会再不再来呀。”

“来，来！”

叶子似乎什么也没听见，她急急地劝道：

“刚才电话打到了旅馆，听说你在车站，我就跑来啦。行男哥哥在叫你呢。”她拽住驹子，驹子一直忍耐着，这时忽然甩掉叶子。

"我不!"

这时，驹子跌跌撞撞走了两三步路，接着一阵恶心，她想呕吐，但嘴里什么也没有吐出来。她眼角潮润润的，双颊起了鸡皮疙瘩。

叶子呆然而立，直盯着驹子。由于她的神情过于认真，看不出是恼怒、惊奇，还是悲哀。假面般的容颜使她显得十分单纯。

她猝然转过脸来，蓦地抓住岛村的手。

"哎,求求您啦,让她回去吧。快让她回去吧!"她一个劲儿高声喊叫，缠住他不放。

"好，我会让她回去的!"岛村大声对她说。

"快快回家去，傻瓜!"

"是您，您在说些什么?"驹子说着，她的手把叶子从岛村那里推开。

岛村指了指站前的一辆汽车，被叶子用力抓住的手已经麻痹了。

"我叫那辆汽车马上送她回去，你先走吧。这里，人会看见的呀。"

叶子微微点了点头。

"快点儿，快点儿!"她说罢转声跑回去了。岛村简直不敢相信这是真的，他似乎仍不满足，目送着叶子渐去渐远的背影。此时，他的心头掠过一丝不应有的疑虑：为什么那位姑娘总是这般认真呢?

叶子近乎悲戚的优美的声音，眼下似乎正从雪山某处飘然而至，久久存留于岛村的耳鼓。

“上哪儿去?”岛村去找汽车司机，驹子将他拉回来。

“我不回去!”

岛村蓦地对驹子感到一种肉体的憎恶。

“你们三人之间究竟发生了什么事情，我一概不晓。少爷也许就要死了，他很想见你一面，才派人来喊你的。老老实实回去，不然你会后悔一辈子。我们说话的当儿,要是他咽气了,怎么办?不要再犟啦，快回去，就此将一切了断吧!”

“不对，您误解我啦。”

“你被卖到东京的时候，不就是他一个人为你送行的吗?你最早的日记第一页上不是写的他吗?有什么理由不去送他一程呢?快去吧，将你写在他生命的最后一页上吧!”

“不，我不愿看着一个人的死。”

驹子究竟是出于冷酷的薄情，还是出于热烈的爱恋?岛村一时迷惘起来。

“还记什么日记呀?我要全部烧掉!”驹子嗫嚅着，面颊潮红。

“您啊，真是个老实人。看您这么老实，把我的日记全都送给您吧。您可不要取笑我呀。我觉得您是个老实人呢。”

岛村胸中涌起莫名的激动。是的，他也觉得没有比自己更老实的人了。他不再强求驹子回去了。驹子也闷声不响了。

驻在车站的旅馆支店的伙计出来，通知他们检票了。

四五个身穿黯淡冬装的当地人，默默不语地上上下下。

“我不进站啦，再见！”驹子站在候车室的窗户里面。玻璃窗关着，从火车上看去，她就像穷乡僻壤的一家水果店的一只水果，被人遗忘在煤烟熏黑的玻璃箱里。

火车开动了，候车室的窗玻璃闪着光亮。驹子的容颜在光明之中一下子燃烧起来，又骤然消泯了。那是和早晨雪光映照的镜子中一样的红颜。在岛村眼里，那是即将告别现实世界的一种颜色啊！

从北面登上国境的山峦，穿过长长的隧道，冬日午后淡薄的阳光仿佛已经被地下的黑暗吸收去了，古老的火车犹如脱去明净的外壳一般钻出隧道，于重峦叠嶂之间顺着暮色渐浓的山峡呼啸而下。山的这边还没有下雪。

火车沿着河流行驶，不久来到广阔的原野。山峰好似经过精雕细镂，一条条优美的斜线自顶端缓缓伸向遥远的山裾，山顶上空，月色清明。整个山体在霞光浅淡的夕空映衬下，呈现一派浓丽、缥缈之色，这就是山边麓地唯一的景象。月光溶溶，没有冬夜的严寒之气。天上不见一只飞鸟。山间野地，一览无余，向左右绵延伸展，直达河岸。岸边矗立着一座水力发电站，只有这座纯白的建筑，一直映在冬日萧索的车窗里。

车窗因暖气而变得模糊不清了。暮色渐次笼罩外面的原野，窗玻璃上又映出乘客半明半暗的影像来。那是暮景之中镜子的嬉戏。这趟列车只挂了三四节褪色的车厢，和东海道[1]不同，这是在另外的地方用旧的车厢，电灯也很黯淡。

岛村好像乘上一种非现实的工具，不再考虑时间和距离，一味听任身子虚空地向前运行。他一旦陷入此种精神恍惚的状态，就开始将单调的车轮声听成是女人此前说的话。

这些话语时断时续，虽然简短，却显示了一个女人努力活着的意志。他听了甚感难过，而且不会淡忘。然而，对于如今远行的岛村来说，这是一个遥远的声音，只不过给他平添几分旅愁

---

1 东海道：东京到京都沿海一带的道路。

罢了。

也许就在这时候，行男断气了吧？她为何那样顽固，不肯回家呢？难道驹子因此再也不能和行男见上最后一面了吗？

乘客少得可怕。

一个五十多岁的男人和一个面色红润的姑娘相向而坐，不住说着话。那姑娘丰腴的肩头围着黑色的围巾，肤色宛如一团燃烧的烈火般红艳。她挺着胸脯，专心地倾听着，快活地频频点头。看样子两个都是出远门的旅伴。

但是，到了有烟囱的缫丝厂的一座车站，老爷子急匆匆从行李架上取下行李，打车窗扔到站台上了。

“我走了，有缘总会在一起的。”他对姑娘打了招呼，下车了。

岛村蓦地热泪盈眶，他不由惊诧不已，这使他越发感到，这个男人彻底离开女人回家去了。

做梦也没有想到，他们原来是萍水相逢的两个旅人。男人看来是个行商。

八

正是飞蛾产卵的季节，不要把西装挂在衣架[1]或墙壁上，离开东京家里时，妻子这样叮嘱过他。回来一看，吊在卧室屋檐边的装饰灯上趴着六七只橙黄色的大蛾子，里间三铺席房子里的衣架上，也停着一只躯体肥硕的小飞蛾。

夏天，窗户上装了防虫铁纱网，那网上也一动不动地贴着一只蛾子，突露着红褐色小小羽毛似的触角，翅膀却是透明的浅绿，羽翅修长，宛若女人的纤指。对面国境上连绵的群山，经夕阳一照，已是一派秋色，因而，这一点浅绿反而显得更加死寂。唯有前后翅膀相互重叠的部分，绿色才变得浓丽。秋风一来，那翅膀如一角薄纸闪闪飘动。

1 衣架：原文为“衣桁”（ikou）。室内晾挂衣物木架，门形，近顶部有横木。有单门独立，底部加平行木支撑；亦有屏风形双门或多门，成直角或锐角曲折联立。

大概还活着吧？岛村走过去，用手指弹了弹纱网的内侧，蛾子没有动。他握起拳头“咚”地敲打了一下，蛾子像一片树叶飘落下来，半道上又翩翩飞走了。

凝神一看，对面杉树林的前边，正在飞过一群群数不清的蜻蜓，如蒲公英的茸毛飘忽不定。

山脚下的河水看起来好像打杉树梢顶流了过去。

稍高的山坡上开满胡枝子的白花，银光闪烁。岛村一直贪婪地朝那里遥望。

岛村走出室内浴池，看见一位俄罗斯妇女坐在大门口卖东西。她为何要到这样的乡间来呢？岛村过去想看个究竟。只见她卖的是一般的日本制化妆品和发饰等物。

她四十出头，污秽的脸上布满细细的皱纹，肥胖的脖颈上显露出洁白的脂肪。

“你从哪里来?”岛村问。

“从哪里来？是啊，我是从哪里来的呢?”俄罗斯女子不知如何回答，她一边收拾东西，一边思忖着。

裙子像卷裹着的一片脏布，早已看不出西装的影子。她像一个过惯了日本生活的人，背起那只大包袱回去了。不过，她脚上穿的依然是靴子。

在一起目送俄国女子回去的老板娘的劝诱下，岛村也走进账房，看到炉畔坐着一位大块头的女子，脊背朝外。女子收起裙裾站了起来。她穿着一身玄色的礼服。

滑雪场有一幅宣传画，画着一个女子，穿着陪酒时的和服，下身套着棉布防雪裤，同驹子肩并肩乘坐在滑雪板上，岛村记得那位艺妓就是她。她是一位腰肢丰满、举止大方的中年女子。

旅馆老板把火筷子搭在炉子上，烤着一个椭圆形的大包子。

“吃一个吧，怎么样？这是人家送礼的，尝一口玩玩吧！”

“刚才那位洗手不干了吗？”

“是啊。”

“她是个挺好的艺妓吧？”

“满期了，特来辞行的。她可是很叫座的呀。”

岛村对着热包子，一边吹气一边咬嚼。坚硬的包子皮散出一股陈旧的香味，微带酸涩。

窗外，夕阳照耀着鲜红的熟柿子，那光线似乎反射到屋内梭连钩[1]的竹筒上来了。

---

1 梭连钩：原文为“自在钩”（jizaikagi），旧时炊具，将铁链套上竹筒吊在屋梁上，自由调节其高低，下端钩子挂茶壶锅釜，用于烧煮。

"那长长的，是芒草吧?"岛村好奇地望着山坡路。一位老婆子背着一捆芒草踽踽而行，芒草高过她身子一大截。而且挺着长长的穗子。

"那个呀，那是芭茅啊!"

"是芭茅吗？是芭茅吗?"

"铁道省[1]举办温泉展览会时，记得建造了一所休息室还是茶室，就是用这里的芭茅葺顶的。听说东京来人把这座茶室整个买下来了。"

"是芭茅吗?"岛村又一次自言自语地嘀咕着。

"看起来，山间开放的是芭茅花，我还以为是胡枝子哩。"

岛村下了火车，首先映于眼帘的是山野上的白花。陡峭的山腹上头，临近峰顶，洁白似雪，闪耀着璀璨的银光，看上去好比遍布山巅的秋阳。他不由啊的一声动了情。他认定那就是胡枝子的白花。

然而，走近一看，芭茅劲健的气势和那仰慕远山的感伤之花全然不同。大捆大捆的芭茅严严实实遮蔽了背草女人们的身影，擦着山路两侧的石崖沙沙作响，高扬着坚实的穗子。

1 铁道省：日本管理国营铁路事务的最高行政机构。一九四五年改称为运输省。历经几次统合，现称为国土交通省。

回到房间一看，隔壁昏暗的灯影里，一只个儿大的飞蛾正在黑漆衣架上爬行，产卵。屋檐下的蛾子也吧嗒吧嗒不住扑打在装饰灯上。

虫子大白天就唧唧唧叫个不停。

驹子来得稍微晚了些。

她站在廊下，面对面盯着岛村。

“您，来干什么？到这个地方来干什么呀？”

“我来见你呀。”

“心里根本不是这样想的。东京人净撒谎，我讨厌。”

她一边落座，一边低声柔和地说：

“我不愿为您送行了，说不清是一副怎样的心情。”

“哦，我这次一声不响地回去。”

“不，我说的是不到车站去。”

“他怎么样了？”

“还用问，死了。”

“就在你送我的时候？”

“不过，和这没关系。说送行，谁能想到会那么难受啊！”

“嗯。”

“您二月十四那天干什么来着？您骗人！我等得好苦啊！您说过的话，根本不算数。”

二月十四日是赶鸟节[1]，这是雪国孩子们一年里的盛大节日。十天前，村里的孩子们就穿着草鞋踩雪，再将踩得硬实的雪板，切割成二尺见方的雪块，堆积起来建造积雪的殿堂。这种雪堂面积约有三十多平方，高达丈余。十四日晚上，将各家稻草绳集中起来，在堂前燃起熊熊篝火。这个村子的新年是二月一日，所以稻草绳有的是。接着，孩子们爬上雪堂屋顶，挤在一起，合唱赶鸟歌。然后，孩子们进入雪堂，点灯守夜，直到黎明。十五日天亮，他们还要再次爬上雪堂屋顶，合唱赶鸟歌。

这时候，正是积雪最深的时节。岛村约好了，他要来观看赶鸟节。

"我二月里正在老家，后面停了生意，想着您肯定要来，十四日回到这里。早知道，慢慢照顾病人该多好呀。"

"谁生病了？"

"师傅来到港镇，得了肺炎，我正好在家，他

1 赶鸟节：日本旧历新年正月十四日夜至十五日，为追赶有害于农田及农作物的鸟兽，祝愿当年丰收，聚众齐唱《赶鸟歌》。歌曰："鸟自何方来？来自信浓国；被何物追赶？一束湿木柴。草地与河畔，群鸟高高飞，哎哟哎哟呵……"年轻人挨家挨户边唱边敲打竹籖（zhēn，竹制乐器）以乐之。

们打来电报，我就过去护理了。”

“好了吗?”

“没有。”

“都怪我呀!”岛村为没有守约而甚感悔恨。他对她师傅的死表示哀悼。

“算啦。”驹子连忙宽宏地摇摇头。她用手帕掸掸桌子。

“虫子真多啊。”

矮桌上和榻榻米上到处落满了小羽虫，许多小蛾子围着电灯飞旋。

纱窗外面也停留着好多种斑斑点点的蛾子，在清澄的月光里浮动。

“我胃疼，我胃疼呀!”驹子两手插进腰带，一下子趴在岛村的膝盖上。

她那涂着厚厚白粉的后颈从衣领里露出来，上面立即落满了一群比蚊子还小的蠓虫，有的眼看着死去，有的不能动弹。

她的粉颈比起去年更加丰满了，已经二十一岁了，岛村想。

他的膝头流过一股温润的气息。

“账房的人见到我，一齐笑着说：‘驹子，快到茶花间瞧瞧吧。’我不愿去，把阿姐送上火车，回来想美美睡上一觉，可电话打过来了。我很累，本来打算不过来了。昨晚为阿姐饯行，多喝了点酒。账房一个劲儿取笑，他们说原来是您。隔一年了，看来是个一年只来一次的主儿吧。”

“我也吃了那包子。”

“是吗？”驹子挺起胸脯，她的脸抵在岛村膝盖上的部分留下一团潮红，看上去略带几分天真。

她说，一直把那位中年艺妓送到下下个车站才回来。

“真难办啊，从前不论干什么，大家都能立即抱成团，可现在个人主义渐渐抬头，各有各的打算。这地方也完全变样啦，净是来一些不对脾气的人。菊勇姐姐走了，我也孤单了。以前不管什么事，只要她一句话。又是个花魁，上客不少于六百支香[1]，我们这里拿她当宝贝哪！”

那位菊勇到了期限回老家去了。岛村问，她是结婚还是重操旧业呢？

“阿姐是个很可怜的女子。从前的婚姻失败了，才来这里的。”驹子迟疑了一下，她不想再说下去，随之望了望月光下的梯田。

“那半山腰里不是有一座刚盖成的房子吗？”

“你是说‘菊村’小酒馆吧？”

---

1 艺妓接客时点燃线香计算时间，月终凭线香数目领取工钱。故“玉代”亦称“线香代”。

“是的，她本来要嫁给那家老板的，可阿姐临时改了主意，吹了。闹了好一阵子。特叫人家为自己盖了新房，刚要嫁过去，就一脚蹬了。原来她又有了相好的，打算同那人结婚，谁知又受了骗。一旦迷上一个人，竟会变成那副样子吗？那男子把她给甩了，如今又不能回心转意，要来房子住进去。因此，只得远走高飞，另谋出路了。想想好可怜啊！我们知道的不多，听说有过好几个男人呢。”

“男人吗，总有五个吧？”

“可不吗。”驹子吃吃笑了，一头躺下来。

“阿姐也太软弱啦，她胆子小。”

“真是没办法。”

“不是吗？招人喜爱，又算得了什么？”

她俯伏着，用簪子搔了搔头皮。

“今天去送行，真叫人难过。”

“那座好容易新盖的店铺怎么样了？”

“由原配来掌管。”

“原配来掌管？那倒有意思。”

“开业的一切手续都办妥了，也只能这么办理。那位原配领着孩子，搬了过来。”

“家里怎么办？”

“撇下一个老婆子。寻常百姓，男人喜欢这

种生活，他倒是个挺乐观的人呢。”

“游手好闲吧？大概上了几分年纪。”

“还年轻，三十二三光景。”

“哦？那么说，小老婆要比原配大呀！”

“一般大，都是二十七。”

“菊村就是菊勇的‘菊’字吧？那店果真交给原配了？”

“一旦打出牌子，就不好变卦啦。”

岛村合上衣领，驹子过去关窗户。

“阿姐对您很了解，今天还问起您来着。”

“她来辞行，在账房里碰见过。”

“都说些什么？”

“没说什么。”

“您知道我的心情如何？”驹子又一下子把刚刚关紧的窗户打开来，一跃身子坐到窗台上。

过了一会儿，岛村说：

“这里的星光和东京完全不同。看起来好像飘浮在空中。”

“因为是月夜嘛，也不总是这样。今年的雪好大呀！”

“火车好像常常不通吧。”

“是啊，很可怕。五月里才通汽车，比往年晚个把月呢。滑雪场不是有一家小商店吗？二楼被雪崩冲毁了，楼下的人一点儿不知道，听到一种奇怪的响声，还以为是厨房的耗子闹腾的，出去一看，根本没有什么耗子，楼上全堆满了雪，挡雨板也被卷走了。虽说是表层雪崩，广播里大肆报道一通，吓得滑雪客再也不敢来啦。今年也不打算滑雪了，年前早把滑雪板送了别人。不过也还是滑了两三次。看我没变吗?”

“师傅死了，你怎么办呢?”

“人家的事，别管！二月里不是一直在这儿等您吗?”

“回到港镇，悄悄给我写封信不就得啦?”

“才不呢。干吗那样可怜兮兮的！给您的信，连您夫人也能看，那才真叫可怜呢。我犯不上顾忌谁而自欺欺人!”

驹子急风暴雨地好一阵数落着，岛村频频点头。

“您不要坐在虫子窝里，关掉电灯算啦。”

月色皎洁，照在女子的耳轮上，清晰地映出凹凸不同的阴影。泠泠的寒光如一根根银针刺进榻榻米的深处。

驹子的嘴唇柔美而滑润，如水蛭身上的环节。

“好啦，放我走吧!”

“还是那么着急。”岛村转过头去，对着那张奇妙的、略显饱满的桃圆脸，就近仔细地瞧。

“大伙儿都说，和十七岁刚来那阵子毫无两样。生活嘛，本来就是千篇一律啊。”

她仍保有北国少女火一般红润的脸庞。艺妓般的肌理经月光一照，越发泛起贝壳似的光亮。

“可我家里还是变了，您知道吗？”

“你师傅死了，你已经不住在那间蚕房里了。新搬的地方是个真正的香巢[1]了，对吗？”

“您是说真正的香巢？可不，店头贩卖粗果子和香烟，也还是我一个人。这回成了替人打工的了，夜里很晚，我就点上蜡烛看书。”

岛村抱着她的肩头笑了。

“人家装了电表，不好意思再浪费电了嘛。”

“是呀。”

“不过，也就是替人干活呗。这家人待我很好，孩子哭了，太太怕打扰我，就抱到外面去。一切都不缺，只是有时床铺歪歪斜斜，不好看。回来晚了，他们早给我重新铺好了。有时被褥叠得不整齐，被单打皱了，看着心里觉得别扭，可自己又懒得再铺好。人家一片好心，真是很难得。”

---

1 香巢：原文为“置屋”（okiya），艺妓之家。禁止狎客游兴，仅可应扬屋［ageya，即会见花魁（oiran）之所］和茶屋（chaya）之招，派出艺妓。

“你要是有了家，只怕更苦了。”

“大伙儿都这么说，生就的嘛。家里有四个孩子，东西扔得乱七八糟，我成天价里里外外跟着收拾。等规整好了，又不知会乱得怎么样呢。但总得有人管，否则哪里坐得住啊。我琢磨着，只要境况允许，我会活得更体面些的。”

“是啊。”

“您知道我的心情吗?”

“知道。”

“知道什么？说说看。快呀，快说说嘛。”驹子突然紧追不舍，声音也尖厉了。

“瞧，说不出来不是？撒谎！您花天酒地过日子，是个很马虎的人。您不懂!”

接着又放低声音：

“可悲呀，我是个傻瓜。您也明天回去吧!”

“你这样步步追逼，我哪里一下子说得清楚?”

“有什么说不清楚？您呀，在这一点上，不可指望。”驹子又气馁地沉默不语了。她双眼紧闭，心想，岛村不会把自己放着不管的吧？她很知趣地摇摇头说：

“一年来这么一次，也行。只要我在这块儿，您一年务必来一趟啊!”

她说期限是四年。

“待在老家时，做梦都想不到又出来做营生，滑雪板也送人了，要说干成的只是戒烟啦。”

“对对。以前你抽得很厉害。”

“嗯。筵席上客人送的，我悄悄装在袖袋里，每次归来，都有好几根呢。”

“四年也够长的。”

“很快就会过去的。”

“好暖和。”驹子挨过来，岛村一把抱起她。

“生来就是个暖身子呀。”

“早晚要冷起来啦。”

“我到这里五年了，开始很担心，这个地方能住下去吗？铁路开通前，这里更冷清。您第一次来，也有三年了。”

岛村思忖着，不到三年自己来了三次，每一次都看到了驹子境遇的变化。

几只纺织娘急急地鸣叫起来。

“好心烦呀。”驹子说着离开他的膝头。

北风吹来，纱网上的蛾子一齐飞了。

浓密的睫毛闭在一起，看上去仿佛半张半合的黑眸子。岛村虽然早知道这些，但他还是就近窥视了一番。

“一戒烟，就发胖。”

腹部的脂肪增厚了。

一旦别离，再难以寻觅，眼见着他们又找回了过去的亲昵之情。

驹子一只手伸进前胸。

“一边怎么变大啦?”

“傻瓜，还不是他的坏习惯，专揉一边。”

“好个你呀，真讨厌！瞎说，你真坏!”驹子立即上火了，岛村想起是怎么回事了。

“下次跟他说，两侧平均使力气。”

“是要平均吧？要叫他平均，对吗?”驹子温存地将脸贴了过去。

这间屋子位于楼上，蛤蟆围着房子四周乱叫。听起来不是一只，而是两只、三只，一同爬行。久久地鸣叫着。

驹子在室内浴场洗罢澡，怀着一副安闲的心情，又沉静地谈起自己身世来了。

这里初检时，她以为和雏妓一样，只敞开胸脯，被人取笑，大哭了一场。她连这些都说了。只要岛村问起，她什么也不在乎。

“我呀，那种事可准时啦，每个月都是提早两天来呢。”

“那要是碰到赴宴，不是挺糟糕吗?”

“哎，您连这都懂啊?”

每天到著名的温泉浴场洗洗澡，暖暖身子，

每逢赴宴，打旧温泉到新温泉来回要走七八里路。加上山间生活很少熬夜，身子骨健康而粗大，却生就一副艺妓常有的小腰身，骨盆又窄又厚。其实，这女人引得岛村千里迢迢来相会的，只不过是她那一副深深的哀愁。

“像我这样的人，还能不能生孩子呀?”驹子十分认真地问道。她是说，只要跟一个男人交往下去，不就等于是夫妻吗?

岛村第一次听说驹子有这么个男人，打十七岁起一直相处了五年。岛村很早就感到吃惊，由此更能看出，她是多么无知和缺少警惕。

她刚出道时，为她赎身的那位恩人死了之后，驹子回到港镇也许就同这个人好上了。不过她从开始到现在都讨厌他，所以两人的关系不很融洽。

“能维持五年也很不容易啊!”

“曾有过两次要分手，一次是来这里当艺妓，另一次是打师傅家搬到新家的时候。都怪我太懦弱，我真是个意志薄弱的人啊!”

听说那个男人住在港镇，她留在那里不方便，所以趁着师傅来这座村子，带过来安顿在这里了。人倒也随和，可她从未想过要许配给他，说起来好可怜。两人年龄相差很大，那人只是偶尔来一次。

“怎样才能了断呢？我时常想，索性变得浪荡些好了。我真的这么想过呀！”

“不能那样。”

“还是不该放纵自己，由着性儿不成。我很爱惜自己的青春的身子，只要我愿意，就能将四年期限改成两年，可我不想勉强自己，身体要紧啊！硬撑着也能挣好多支香。有了期限，不至于使主家吃亏。多少月钱，多少利息，多少税金，再加上伙食补贴，按月算得清清楚楚。我不想硬要多揽活儿，要是上宴会太麻烦，即刻拔腿一走了之。除了熟人点名相邀，旅馆里太晚了也不会传话过来的。要是自己大方起来，哪里还有个底儿？随赚随花，落得轻松自在，也就罢啦。本钱也归还一半了，还不到一年哩！可零花钱，月月也要开销三十元呢。”

她说每月能挣上百八十块的就行了。上月客人最少，只到三百支，六十元。驹子赴宴九十多回，次数最多，一次宴会一支归自己所有，虽说主家吃亏了，还会不断赚回来。据说这家温泉浴场，借钱延长期限的一个也没有。

翌日清晨，驹子依然起得很早。

“我正做梦同插花师傅一起打扫这个房间就醒啦。”

移到窗边的镜台映着红叶的山峦。镜子里秋天的太阳十分耀眼。

粗果子店的女孩儿拿来了驹子的替换衣服。

“驹子姐姐!”隔扇的暗角里传来的，不是那位叶子清澈而悲戚的声音。

“那姑娘怎样了?”

驹子蓦地扫了岛村一眼。

“老是去上坟。还记得吗?滑雪场山下有块荞麦田不是?开满白花，没看见左面有座坟墓吗?”

驹子回去之后，岛村也到村里散步。

白粉墙的屋檐下，女孩子穿着大红色的灯芯绒防雪裤，在玩皮球。秋天确实来临了。

这里有好多老式风格的房子，令人想起参觐交代[1]的时代。庇檐深广。楼上的窗棂只有一尺高，又细又长。檐端吊着茅草帘子。

土坡上围着一道长满丝芒草的篱笆，绽开一片淡黄色，每一根丝芒草的细叶，都向四面八方伸展开来，状如喷水，好看极了。

---

1 参觐交代：江户时代，地方诸侯(大名)定期到江户(东京)朝拜将军，所经之地，沿途设置许多驿站，供给食宿。汤泽町位于自越后至关东翻越三国岭的三国街道线(国有干道)上。作为越后国的出口，汤泽町乃是重要宿场。当地出产的熊胆、山菜等，为山民一大收入。一九二五年，上越北线始通汤泽。

道路旁边的太阳底下，铺着稻草席子，叶子在上头打小豆。

一粒粒亮晶晶的红小豆，从干枯的豆荚里蹦出来。

大概因为顶着手巾的缘故，她没有看见岛村。叶子一边张开穿着防雪裤的两个膝头，一面打小豆，一面用那清澈而悲戚、可以传遍山野的声音唱着歌：

蝶儿舞，
蜻蜓翔，
蝈蝈山上叫嚷嚷，
松虫、铃虫、纺织娘。

九

还有一支歌：

杉林里，晚风刮，
飞起一只大老鸹。

如今，从窗户里俯瞰杉树林前边，今天也有一群蜻蜓飞流而过。天近黄昏，看来，它们的飘游只好匆匆忙忙，加快速度。

岛村出发前，在车站的小店里，看到新出版的有关这一带登山指南的书，买了一本。他随意地翻看着，书里写道：从这间屋子一眼看到的国境上的群山，其中一座山峰附近，蜿蜒的小路边有个美丽的池沼，一带湿地长满各种高山植物，繁花似锦。夏天，红蜻蜓款款而飞，有时会停在游人的帽子、手，甚至眼镜框上，那种悠闲的样子，都市的蜻蜓比起来相差万里。

可是，眼下的这群蜻蜓，好似被什么人追逐一般，急急地飞翔，它们要赶在暮色降临之前逃脱，以免被黝黑的杉树林吞没了身影。

远方，夕阳遍山。可以清晰地看到红叶自山端开始次第变红了。

“人是脆弱的，要是从山上摔下来，从头到脚，立即就会粉身碎骨。但是据说熊等动物，打再高的山崖上滚下来，身子一点儿都不会受伤。”岛村想起了今朝驹子说的话。当时她指着那座山，告诉他又有人遇难了。

人假如长着熊一般的又硬又厚的毛皮，人的官能就大不一样了。人相互爱慕的是细皮嫩肉，想到这个，岛村遥望夕晖里的群峰，感伤地眷恋起人的肌肤来了。

“蝶儿舞，蜻蜓翔，蝈蝈……”提前吃晚饭的时候，不知是哪个艺妓，弹着拙劣的三味线，唱起了这首歌。

登山指南书上，只是简单地标着：道路、日程、住宿以及费用等，反而可以任凭人自由地想象。岛村当初认识驹子，也是在残雪尚存、新绿渐萌的山间旅行之后、来到这座温泉村的时节。眼望着留下自己脚印的山峰，想到如今正是秋天登山的季节，他一颗心早已飞到山里去了。一无所成，游手好闲的他，艰难跋涉于山野之间，这正是不折不扣的徒劳！唯其如此，他才感受到一种非现实的魅力。

一旦远离，岛村就会不住思念着驹子。尽管如此，等一来到身边，他就立即安下心来。眼下，他太亲昵于她的肉体了，他怀恋人的肌肤。他向往山野，陶醉于同一种梦境，这也许是因为驹子昨晚刚在这里过夜的缘故吧。然而，如今他只好静静地呆坐着，听凭驹子翩然而至。一群徒步旅行的女学生嬉戏打闹，听着她们热烈欢快的叫喊，岛村昏昏欲睡，及早进入了梦乡。

不一会儿，似乎就要下雨了。

第二天醒来，驹子已经端坐桌前看书了。她身穿一件丝绸外褂。

“醒啦?”她声音沉静，朝这边看了看。

“怎么啦?”

“您醒了吗?”

岛村怀疑她是偷偷来睡在这里的。他环顾一下自己的床铺，拿起枕畔的钟表一看，才六点半。

“好早啊!”

“可是侍女早来生过火啦。”

一大早，铁壶里就冒出了水汽。

“起来吧。”驹子站起身，坐到他的枕头旁边，一副家庭主妇的表情。岛村伸着懒腰，顺势抓住女子膝头上的手，摆弄着她小指上弹琴磨的茧子。

“我好困呀，不是刚刚天亮吗？”

“您一个人睡得舒服吗？”

“还好。”

“您呀，还是不肯留胡子。”

“对啦对啦，上次分别时，你说过来着，是叫我留胡子的。”

“忘了也就算啦。胡茬子总是刮得干净，下巴青凛凛、光秃秃的。”

“你还不是一卸了白粉，脸上就像刚刮过一样吗？”

“腮帮子又胖起来了吧？白白的面孔，睡着了，没胡子，模样很怪，圆乎乎的。”

“还是柔和些为好。”

“没指望。”

“讨厌，你是不是一直死盯着我看？”

“可不。”驹子吃吃笑着点点头，先是微笑，接着就着火般地大笑起来。她不知不觉握紧了他的手指。

“我躲在壁橱里，侍女一点儿也没觉察。”

“从什么时候藏进去的？”

“不就是刚才吗？侍女来生火的时候呀。”

她想起来就大笑不止，忽然脸红到了耳根，为了掩饰，她抓起被头扇着风。

“起来，快给我起来呀！”

“好冷。”岛村紧紧抱着棉被。

“旅馆的人起床了吗？”

“不知道，我打后山上来的。”

“后山？”

“顺着杉树林爬上来的。”

“那里有路吗？”

“没路，可很近。”

岛村吃惊地望着驹子。

“我来谁也不知道。厨房里有响声，但大门还是紧闭着的。”

“你一直起得很早吧？”

“昨晚上没睡好觉。”

“知道下雨吗？”

“是吗？那里的山白竹都湿了，原来是雨淋的呀？我走了，您再睡一会儿，歇着吧。”

“我起来了。”岛村攥住女子的手，一跃出了被窝。他走到窗前，俯视着女子上山的路径：遍布着茂盛灌木的山脚下，长着一片茁壮的山白竹。那里是连接杉树林的山丘地带，窗下的稻田里种着普通的蔬菜，有萝卜、白薯、葱和山药等，在朝阳的照射下，他第一次发现每片叶子的颜色都不相同。

伙计站在通往浴场的走廊上，给泉水里的红鲤鱼喂食。

“天一冷，鱼也不肯吃食了。”伙计对岛村说，他对着漂浮在水面的干蚕蛹屑，瞧了老半天。

驹子干干净净地打坐着，对洗澡回来的岛村说：

“待在这种清净的地方，做做针线活该多好！”

房子刚扫过，稍显陈旧的榻榻米，秋日的太阳深深地射进来。

“你会做针线吗？”

“这话真失礼。姊妹行里数我最苦。想起我长大成人那几年，似乎正逢家境贫寒的时候。”她喃喃自语，突然提高嗓门：

“侍女一见到我，满脸疑惑地问：‘驹子姑娘，什么时候来的？’我总不能两次三番钻壁橱呀，那多难为情。我回去了，尽快洗个澡。不然，等头发干了，再到梳头师傅那里去，就赶不上中午的宴会了。虽说这里也有个宴会，但是昨夜才来通知我，我已经答应了别的地方，来不了啦。星期六，忙得很，没空过来玩啦。”

驹子尽管这么说着，却迟迟不愿意离开。

她不去洗头了，把岛村带到后院，大概她刚才是打这里悄悄溜进来的，过道上放着驹子的湿木屐和湿布袜子。

她爬着经过的那片山白竹看样子是走不通的，所以只好顺着田埂向有水声的方向走去。河岸变成了幽深的悬崖，栗子树上传来孩子的叫喊。脚边的草丛里落了来几颗毛栗子，驹子用木屐踩碎，剥出了栗子。都是些小栗子。

对岸是倾斜的山腹，盛开着芭茅的花穗子，银光闪耀，飘摇不定。那炫目的白色，又像飞翔于秋空里的透明的幻影。

“到那边看看吧。那里有你未婚夫的墓。”

驹子倏忽挺立身子，盯着岛村看了看，将手里的小栗子，猛地掷向他的脸孔。

“你总是要弄我！”

岛村来不及躲避，额头上发出噼噼啪啪的声音，疼极了。

“那座坟和您什么缘分，也劳你去参观一番？”

“干吗那么当真？”

“对我来说，这可是正经事，不像你，只管自己整天享清福！”

“谁整天享清福了？”他有气无力地嘟哝着。

“我问你，为何要提未婚夫什么的？我从前

不是反复对你说过吗？他不是我的未婚夫，你忘啦？”

岛村当然没有忘。

“师傅或许希望我和少爷在一起，但也仅仅是心里这么想，嘴里从来没有提到过。对于师傅的这番心意，少爷和我都约略知道些。不过，我们两个从未有过什么。各人有各人的生活。我被卖到东京的时候，只有他一个人为我送行。”

岛村记得驹子这样说过。

那男子病危时，她住在岛村这儿。

“我愿意干什么就干什么，一个将死的人怎能管住我呢？”她曾经孤注一掷地说。

而且，正当驹子送岛村到车站的当儿，病人情况突变，叶子来接驹子回去，驹子断然拒绝，没有回去，从而未能见到最后一面。这样一来，岛村对那个叫作行男的人留下了很深的记忆。

驹子一直避而不谈行男的事，就算不是未婚夫，为了给他挣医疗费，跑到这里当艺妓，这无疑也是出自“正经事”的考虑。

栗子砸到了脸上，也不见生气，驹子一时有些惊讶。她有些不忍心，即刻对他厮磨起来。

“我说，您真是个老实人，看来，心里有什么伤感的事情吧？”

“树上的孩子正看着哪。”

“真闹不懂，东京人太复杂，周围一吵闹，注意力就消散。”

“什么都消散得彻底。”

“不久连生命都会消散的。去上坟吧。”

“还去吗?”

“瞧，您根本不愿意去上坟，对吗?”

“只是怕你有所顾忌呀。”

“我一次也没来过，是有顾忌，真的。一次也没来过。如今，师傅也一起埋在这里了，我感到对不住师傅，越发不愿来上坟了。这事总觉得有些虚情假意。”

“你这才是相当复杂啊。”

“为什么？人活着的时候，没有向他表白心事，死了之后，总该要说说清楚吧。”

杉树林一派寂静，能听到冰冷的雨滴掉落的声音。打这里穿过去，沿滑雪场下边再走一段路，就到了坟场。高高田埂的一角里，竖立着十座古老的石碑和一尊地藏菩萨像，寒碜地裸露着身子。没有鲜花。

地藏菩萨后面低矮的树荫里，蓦然浮现出叶子的前胸。她也似乎有些意外，绷着脸孔，一副认真的表情，目光如火，直直对这边瞧着。岛村突然对她点点头，就兀立不动了。

“叶子妹妹好早啊。我呀，正要去梳头师傅家呢……”驹子正说着话，一股黑色的旋风卷地而来，刮得她和岛村浑身缩成一团。

一列货车打眼前通过。

“姐姐——”一声呼喊透过震耳欲聋的巨大声响传来，货车黝黑的车门里，一位少年不停挥动着帽子。

“佐一郎——佐一郎——”叶子呼叫着。

这是在雪中的信号所呼叫站长的嗓音，犹如徒然呼唤着船上远游的亲人，那声音优美而悲戚。

货车驶过去了。仿佛取下眼罩，铁路对面的荞麦田，繁花如雪，静静地在红色的茎上一起绽开，鲜明耀眼。

冷不丁碰到叶子，他俩没有注意火车通过，然而，其中似乎有一种东西被这趟货车裹走了。

这之后，叶子的声音似乎比轰隆作响的车轮留下了更长久的余韵。纯洁的充满情爱的呼唤仿佛依然在天上回荡。

叶子目送着火车。

“弟弟在车上，我要去车站看看。”

“火车也不会在车站等着你呀。”驹子笑了。

“是啊。”

“我呀，不会给行男哥哥上坟的。”

叶子点着头，她迟疑了一下，就跪在墓前，双手合十。

驹子伫立不动。

岛村转眼看看地藏菩萨，三面长脸，两手合掌于胸前。另外左右还各有两只手。

“我梳头去啦。”驹子对叶子说罢，沿着田间道路走回村子。

当地土话有一种被称为“禾台”的东西：在两棵树干之间，用竹子或木棒绑捆扎成晒衣竿的样子，分成几段，挂上稻子晾晒，看起来像高大的稻草屏风——岛村他们经过的道路旁边，百姓们正在做禾台。

穿着防雪裤的姑娘，身子一扭，就投过来一个稻捆，站在高处的汉子，灵巧地一把抓住，双手捋了捋，分开来搭在竿子上。他们习惯了，悠闲地、手脚熟练地重复着相同的动作。

禾台垂挂着稻穗，驹子珍惜地捧在手里仔细端详，轻轻晃动着。

“这稻子真饱满呀，摸一摸心里也舒畅，和去年大不一样啊！”她眯起眼，用心体会着稻谷的触感。一群麻雀打低空胡乱地飞了过去。

道路边的墙壁上残留着陈旧的布告，上面

写着：

插秧工工钱协约：男工每天工钱九角，包伙。女工打六折。

叶子家里也设了禾台，搭建在离公路稍远的洼地稻田里。庭院左首，是邻家的高大的禾台，架在白粉墙边一排柿子树上。稻田和庭院之间也有禾台，同柿树上的禾台构成直角，一端的稻穗底下开了小门，就从那里出出进进。没脱粒的稻穗不可做草帘子，正好搭成稻棚子了。旱地里枯萎的大丽花和玫瑰园前面，山芋舒展着浓绿的叶子。放养红鲤鱼的荷花池被禾台遮住了，看不见。

去年驹子住过的那间蚕房的窗户，也被遮挡了。

叶子娇嗔地低着头，钻过稻穗底下的小门回去了。

“家里就她一个人吗？”岛村目送着那稍微前屈的背影问道。

“大概不会吧。”驹子冷冷地回答。

“啊，烦死啦。不去梳头了，都怪你多嘴多舌，扰乱人家上坟！”

“是你太固执，不愿在坟场见到她呗。”

“你根本不了解我的心情！回头有空，我去梳头，也许会晚些，我一定来。”

凌晨三点钟。

突然，哗啦推开障子门的声响将岛村惊醒，驹子扑通躺倒在他身上。

“我说来，就来。对吧，我说过要来，这不就来了？”她剧烈地喘息起来。

“看你醉成什么样子。”

“是吧，我说来，一定来。”

“哦，你是来了。”

“来的路上看不见，看不见啊，唉，苦死啦！”

“真难为你，是怎么爬过那段山坡的呢？”

“不知道，谁还记得。”驹子翻转过来，滚动着身子。岛村不堪其苦，他想坐起来，因为还没睡醒，不由摇晃了一下，头颅倒在一个灼热的东西上了。他吃了一惊。

“简直是一盆火！傻瓜。”

“是吗？火枕，会把你烫伤的呀！”

“真的。”他闭起眼睛，一股热流直冲脑门，岛村切实感到了生命的活力。随着驹子剧烈的喘息，传递着一种实实在在的东西。这东西像是一种难以割舍的悔恨，又像是一颗安然期待复仇的心灵。

“我说来，这不就来了?”驹子只是重复着这句话。

“我算来过了，这就回去。我要去梳头。”

她爬起来，咕嘟咕嘟地喝水。

“你这副样子，不能回去!”

“回去,有伴儿。洗澡的用具呢,到哪儿去啦?”

岛村站起来，打开电灯，驹子双手捂着脸，趴在榻榻米上。

“讨厌!”

驹子身穿袖口金丝滚边的漂亮夹衫，外面罩着黑领睡衣，系着一根窄腰带。因此，看不到贴身内衣的领子。她醉态蒙眬，连脚底板都泛着殷红，畏葸地蜷缩着身子，显得十分可爱。

洗澡的用具看来都扔掉了，肥皂、梳子散落在地上。

“剪吧，剪子我拿来啦。”

“剪什么呀?”

“剪这个。”驹子将手伸向后边的头发。

“在家时想剪掉头绳，可手就是不听使唤，特来这里，想叫你给我剪一剪。”

岛村分开女子的发髻，剪去了头绳，每剪掉一处，驹子就甩甩头发，心情也渐渐沉静下来。

“现在几点?”

"已经三点了。"

"哎呀，这么快呀？可不能把真发剪了呀。"

"怎么扎这么多绳子？"

他抓起一束假发卷，发根热乎乎的。

"已经三点了吗？从筵席上回来，倒头就睡了吧？和朋友约好了，是她们请我的。也许不知我到哪儿去了。"

"她们在等你吗？"

"去公共浴场洗澡来着。三个人,有六场筵席，只能赶四场。下周是红叶季节，很忙。谢谢啦！"她梳理着散乱的头发，仰起脸来，眯细着眼睛，微笑了。

"不管它，嘻嘻嘻，真好笑呀。"

随后，她惋惜地拾起一束假发。

"叫朋友们久等，这不好。我走啦，回来不再路过这里啦。"

"认得清路吗？"

"认得清。"

她踩住了衣裾，摇晃了一下。

早上七点和凌晨三点，在特殊的时间里，一天瞅空子来两次，岛村想想，觉得真是非同寻常。

十

旅馆的伙计们像过年扎门松一样，将红叶装饰在大门口。这是为了欢迎赏枫的客人。

一个临时雇用的领班口气生硬地指挥着，这人曾自嘲是一只候鸟，从新绿至红叶这段时期，他在附近山间温泉一带干活，冬天到伊豆半岛的热海、长冈等地的温泉浴场做工。每年他都不固定待在同一家旅馆里。他吹嘘自己对于伊豆的繁华温泉浴场极富经验，背地里总是说这些山间温泉不会善待客人。他一边搓着两手，一边盯住客人不放，表现出一副毫无诚意、低三下四的嘴脸。

“老爷，您知道木通果吗？要想尝尝，我这就给您拿来。”他冲着散步回来的岛村说。他把结着果实的蔓子都挂在红叶枝头了。

这些红叶打山上砍来就高高挂在屋檐上了，旅馆的大门忽然一片鲜红，十分惹眼。一片片红叶硕大无比。

岛村握着冰凉的木通果，向账房里瞥了一眼。叶子端坐在炉边。

老板娘用铜壶温酒[1]。叶子和她相向而坐，老板娘每当说起什么，叶子总是认真地点点头。她没有穿防雪裤和外套，只有一件刚浆洗过的丝绸和服。

“她是来帮忙的吗?”岛村不经意地问那个领班。

“哦，托您的福，人手不够，没法子呀。”

“和你一样?”

“哎。乡下姑娘，就是与众不同啊!”

叶子看来是在厨房做事，还没有上过筵席。客人一多，厨房的侍女就大声嚷嚷，可就是听不见叶子优美的嗓音。负责整理岛村房间的侍女说，叶子临睡前喜欢在浴槽里唱歌，可他未曾听到过。

不过，一想到叶子待在这家旅馆，岛村总觉得不便再招驹子来了。尽管驹子的爱情一直针对着他，但他自身空虚，只把这看作美丽的徒劳。然而，另一方面，驹子对于生命的渴望，也像她那赤裸的肌体，深深触动了他。他可怜驹子，也可怜自己。岛村似乎察觉叶子长着一双慧眼，一切都瞒不住她那犀利的目光。于是，岛村也被这

1 将铜制水壶埋在火钵一侧炭火中，用以烫酒。

个女子所吸引。

不等岛村召唤，驹子当然也会自动上门的。

他去溪流深处观赏红叶，曾经打驹子家门前通过。当时，她听到车声，心想一定是岛村来了，跑出去一看，他连头也没有回。他真是个薄情郎！她呢？只要被叫去旅馆，总是要到岛村房间，一次也不落。每逢洗澡，也要路过那里，一有宴会，她总是早来一小时，先到岛村这里玩，等侍女来叫再过去。她时常逃席来找岛村，对着镜台匀匀脸。

"我要去干活。我要做生意，好吧，做生意挣钱。"她说着，走了。

不知为什么，她回去的时候，总是将琴拨子袋、外褂等随身带来的东西，丢在他的房间里。

"昨夜回来，没有烧好的开水，到厨房里稀里哗啦盛了碗饭，浇上早晨剩下的黄酱汤，就着腌咸梅吃了，冰冷冰冷的。今早家里没人叫我，睁开眼已经十点半了。本来打算七点起床后就过来的，结果没做到啊！"

就连这些事，还有从哪家到哪家，筵席是什么样子，总要絮絮叨叨报告一遍。

"我还会来的。"她喝了口水站起来。

"也可能不来了。本来三十个人的筵席，只

有三个人陪，忙得抽不开身呀。”

然而，过一会儿她又来了。

“累死啦，三十个人只有三个人陪，她们两个一老一小，苦了我啦！客人又是小气鬼，肯定是哪个旅行团的。三十个人至少也得六个人陪着。我喝上几杯吓唬吓唬他们去。”

天天如是，究竟会走到哪一步呢？驹子也想将自己的身体和心思一概掩藏起来，可是她的这种孤独的志趣，反而使她更加风情万种。

“廊子里有响声，多难为情啊！放轻脚步，还是有人能听到。打厨房穿过吧，人家就会取笑说：‘驹子，又去茶花间吗？’我还从未想到，我会这般顾忌着别人。”

“地方小，不自由嘛。”

“大家都知道了。”

“这可不行。”

“是啊，一旦稍稍坏了名声，在这块小地方，就很难混下去了。”说罢，她抬起头来，笑了。

“哎，没关系，我们到哪里都一样干。”

这种发自肺腑的大实话，使得坐食祖产的岛村甚感意外。

“真的，到哪里都是一样干，用不着瞎担心。”

从她那一副淡然的口气里，岛村听出了女子

的心声。

“这就行啦。因为唯有女人，才会真心爱上一个人。”驹子低俯着略显红润的脸孔。

后衣领张开了，背部到双肩形成一面洁白的扇形，浓饰白粉的肌肉悲惋地聚拢起来，看上去，好似一块毛织物，又像背负着一只小动物。

“当今的世道下是这样啊。”岛村嘀咕着，又悚然觉得这话多么空洞。

“什么时候都一样。”驹子倒很单纯。

她扬起脸来，又莫名其妙地加了一句：

“你不知道吗?”

她的贴身石榴红内衣看不见了。

岛村正在翻译瓦雷里[1]、阿兰[2]，还有俄罗斯舞蹈流行年代法国文人的舞蹈理论，计划自费出版一小部分精装本。这种书对日本舞蹈界毫无作用，但正因为如此，反而使他心安理得。通过自己的工作嘲弄自己，也有一种类似撒娇的愉快。抑或从这些方面，可以产生他哀惋的梦幻的世界吧。

1 瓦雷里（Paul Valery，1871—1945）：法国象征派诗人、评论家。主要著作有诗集《幻美集》《海滨墓园》，评论《达·芬奇方法引论》《关于舞蹈》等。

2 阿兰（Alain，本名Emile Chartier，1868—1951）：法国思想家、教育家。主要著作有《我的思想历程》《幸福散论》《关于精神和热情的八十一章》等。

因此，他不必急着出外旅行。

他用心体察昆虫们愤懑致死的情形。

秋令渐凉，他房间的榻榻米上每天都有死去的虫子。翅膀坚硬的虫子一旦翻转，就再也翻不回来了。蜂子走上几步就倒下来，再走再倒。随着节令的推移，这虽然属于自然的消亡，安静的死灭，然而走近一看，它们竟是震颤着脚肢和触角痛苦挣扎而死的。这些小小的祭场，安设于八铺席的榻榻米上，真是显得太空旷了。

岛村正要伸手捡拾昆虫的尸骸，忽然想起留在家里的孩子们。

平时落在窗户纱网上的蛾子也死了，如散乱的枯叶。有的从墙壁上掉下来，捧在手里一看，为什么都这般美丽？岛村思索着。

防虫纱网拆除了。虫声悄然减少了。

国境上的山峦变成深沉的铁锈色，于夕晖掩映之下，闪现着矿石般冷寂的钝光。旅馆里赏枫的游客蜂拥而至。

"今天不能来啦，也许。有本地人的筵席呢。"当晚，驹子路过岛村这里，不久，大厅里响起鼓声，夹杂着女人尖厉的喊叫。一片嘈杂声里，意外听到一个极为清纯的嗓音。

"劳驾！劳驾！"是叶子在呼唤。

"哎，这是驹子姐姐叫我送来的。"

叶子站在原地，像邮差一样伸过手来，又慌忙跪在地上。岛村打开折叠的信笺，叶子早已消失了踪影。什么话也没来得及说。

眼下正闹得欢，还喝了酒。

随身携带的怀纸[1]上胡乱写着这样的字句。

可是没过十分钟，驹子蹬蹬蹬地跑进来了。

"刚才那丫头带来什么东西了吗？"

"带来了。"

"是吗？"她快活地眯起眼睛。

"啊，真开心！我说去拿酒，就这样溜出来啦。给领班看见了，挨了骂。酒真好，被骂了都不会在意脚步声。啊，真讨厌，一来就喝醉了。回头还得上班呢。"

"连指尖都变得好看啦。"

"唉，为了生意嘛。那丫头和你说什么来着？知道吗？她可会嫉妒了！"

"谁呀？"

"妒火也能烧死人啊！"

"那姑娘也是来帮忙的吧？"

1 怀纸：折叠起来放在和服怀中的和纸。

"手里捧着酒壶，站在廊下的暗角里，一直盯着什么，眼睛光闪闪的。你也挺喜欢那双眸子吧？"

"她大概觉得场面太下流才这么看着的吧。"

"所以我才写个纸条叫她带来。我渴了，给我水喝。谁下流？你若不肯甜言蜜语把一个女的勾引到手你就不会明白。我醉了吗？"她身子摇晃了一下，抓住镜台两端照了照，撩起衣裾，出去了。

不久，宴会似乎散了，立即微微传来杯盘碰撞的声音。看来驹子是被客人带到别的旅馆二次筵席上去了，这时，叶子又送来了驹子折叠的信笺。

山风馆不去了，接下来去梅花间。回去时会去您房间。晚安。

岛村有些难为情地苦笑了。

"谢谢。你来帮忙的吗？"

"嗯。"她点点头。叶子顺势用那冷峻而美丽的眼睛，向岛村瞟了一下。岛村有些狼狈起来。

他见过她好几回了，每次都留下令他感动的印象。这位姑娘娴静地打坐在他面前，反而使他感到不安。她的过于认真的举止，看起来似乎正处身于极不寻常的事件之中。

“你挺忙吧?”

“哎，不过，我什么都不会呀。”

“我见过你好几次了。开始是在回来的火车上，你服侍着他，还托站长照顾弟弟，还记得吗?”

“嗯。”

“听说你临睡前常在浴池里唱歌，是吗?”

“哎呀，太失礼啦，真是难为情。”她的声音优美得惊人。

“我觉得你的事我全都了解。”

“是吗?是听驹子姐姐说的吧?”

“她呀，没说过，她似乎不愿提起你的事。”

“是这样啊。”叶子悄悄转过脸去。

“驹子姐姐很好，她很可怜，请您好好待她。”她说得很快，尾音微微震颤着。

“可我无能为力啊。”

叶子这回连身子也颤抖起来，她的脸上闪耀着危险的光辉。岛村移开视线，他笑了。

“我也许早些回东京更好。”

“我也去东京。”

“什么时候?”

“什么时候都行。”

“那么，我带你一道走吧?”

"哎，请带我一道回去吧。"她淡然地说，但语气很认真，岛村很是惊讶。

"只要你家里人同意就成。"

"家里人只有一个在铁路工作的弟弟，我自己决定就行了。"

"东京有落脚的地方吗?"

"没有。"

"和她商量了吗?"

"你是指驹子姐姐？我恨她，不跟她说。"

说着说着，心情轻松了，她抬起湿润的眼睛看了看岛村。他从叶子身上感受着奇妙的魅力，不知为何，反而对驹子越发燃起了爱的烈焰。同一位不明底里的少女私奔般地跑回东京，这也许是向驹子最激烈的赔礼方式吧？也是一种变相的刑罚!

"你呀，跟一个男人走不害怕吗?"

"为什么要害怕呢?"

"你到东京没有栖身之地，也没决定要干些什么，不是太冒险吗?"

"一个单身女子怎么都能活下去。"叶子说话，尾音上挑，十分动听。她一直盯着岛村。

"就在您家做侍女，好吗?"

"什么，做侍女?"

“我并不想做侍女。”

“先前在东京干什么来着？”

“护士。”

“在医院，还是上护校？”

“都不是，只是这么想想罢了。”

岛村回想起叶子在火车上照拂师傅儿子的身影，她那一丝不苟的态度里不正包含着自己的志向吗？想到这个岛村微笑了。

“那么说，这回想去学护士了吗？”

“我已经不打算当护士了。”

“你这样像浮萍随处漂泊怎么行呢？”

“哎呀，什么浮萍不浮萍，我不爱听。”叶子不服气地笑着。

她的笑声响亮、清澈而又悲戚，听起来不像故意犯傻。然而，这笑声撞击在岛村空虚的心版上之后消泯了。

“有什么可笑的吗？”

“我只想护理一个人呀。”

“哎？”

“现在不行了。”

“是吗？”岛村没想到她会突然说起这个，沉静地说。

“听说你每天都到荞麦田下边的墓场去上坟？”

“嗯。”

“这一生再也不想护理别人，或为别人上坟了，对吗？”

“是的。”

“不过，你舍得丢下那坟，一心无挂碍地去东京吗？”

“哎呀，拜托了，就请带我走吧。”

“驹子说，你非常嫉妒她，那个男子不是驹子的未婚夫吗？”

“你说行男哥哥？撒谎，胡说！”

“驹子哪一点值得你恨呢？”

“驹子姐姐吗？”叶子好像呼唤眼前的驹子一样，目光峻厉地看着岛村。

“您要好好对待驹子姐姐。”

“我是无能为力啊。”

叶子眼里溢出了泪水，她捏住掉在榻榻米上的小飞蛾，哭着说：

“驹子姐姐说我会发疯的。”说罢，她飘然离开屋子。

岛村浑身发冷。

他打开窗户，正要把刚才叶子捏死的小飞蛾扔出窗外，一眼看到醉醺醺的驹子，弓着腰在和客人划拳。天空阴霾。岛村到室内浴场去洗澡。

隔壁的女子浴场，叶子领着旅馆的女孩儿走进去。

叶子叫她脱掉衣服，给她洗澡，亲切地和她对话，那甘美的声音听起来，就像一位年轻的母亲。

接着，那声音唱起歌来：

……

……

进了后院抬头看，
三棵梨树三棵杉。
三加三是六棵树，
下面乌鸦来做窝，
上头麻雀在睡眠。
森林里的蝈蝈儿，
怎么叫呀怎么喊？
阿杉为友来上坟，
一盘一盘又一盘。

她熟练地唱着这首拍球歌，嗓音细嫩、生动，调子活泼而富于节奏感，岛村做梦都不会想到是刚才那位叶子唱的。

叶子不停跟女孩儿说话，出了浴场，她的声音依然似悠扬的笛韵在原地回响。门口古旧的乌黑闪亮的地板上，靠着一只桐木三味线盒。秋夜岑寂，岛村不由被那只桐木琴盒所吸引，他正读着那位持有者艺妓的名字，不想驹子正从洗涮杯盘的地方走过来了。

“看什么呢?”

“她在这儿过夜吗?”

“谁? 唔，她呀? 傻瓜，你知道吗? 这玩意儿不会一直带在身边的，有的要搁在这儿好几天呢。”她笑了，痛苦地叹息着，闭上了眼睛。她放下身子一侧的衣衩，倒向岛村。

“哎，送我走。”

“不要回去了。”

“不行，不行，我要回去。当地人开宴会，她们都上二次筵席了，只有我留下来。因为在这里开宴，一切都好说，可是朋友们回来，要约我洗澡，我要是不在家，那就太失礼啦。”

驹子虽然烂醉如泥，可还是抖擞精神，沿着陡峭的坡路回去了。

“是你把那丫头给逗弄哭的?”

“这么说，她确实有点不正常啊。”

“你这样看人家，觉得有意思吗?”

“不是你说的吗? 说她要发疯了。她一想到你说的这句话，就呜呜哭起来了。”

"那就好。"

"可是没过十分钟，就在浴池里唱起动听的歌来。"

"洗澡时候唱歌，是那丫头的老毛病。"

"她真心实意地要我好好善待你呢。"

"真傻。不过，这种事，你大可不必对我吹嘘一通，不是吗?"

"吹嘘？我真不明白，为何一提到那个姑娘，你总是意气用事。"

"你想娶那丫头吗?"

"你怎么能说出这种话?"

"我不是开玩笑。我一见到那个丫头，总觉得到头来将成为我的一个包袱，我也不知道为什么。你呀，如果喜欢她，不妨留心看看再说吧。我想你肯定也会有这个感觉的。"驹子双手搭在岛村的肩膀上，亲昵地依偎过来。突然，她又摇了摇头。

"不对，在你这样的人手里，那丫头也许不至于会发疯。那就把我这个'包袱'给带走吧，行吗?"

"算了吧!"

"你以为我是酒后胡说一气呀？那丫头在你身边有人疼爱，想起这个，我就会在这山里纵情享乐，那才开心哩！”

“喂——”

“甭管我！”她一溜小跑地逃走了，扑通一声撞在挡雨板上，那里就是驹子的家。

“他们以为你不回来了呢。”

“不，门是开着的。”

驹子抱起那扇发出干裂声响的门板，拉开来，低声说：

“进去吧。”

“不过，这么晚……”

“家里人都睡了。”

岛村泛起犹豫。

“好，我送送你吧。”

“不用了。”

“不行，你还没看过我这个新家啊！”

走进后门，这个家里的人横七竖八躺在眼前。他们盖着褪色的硬挺挺的棉被，套的是这一带产的防雪裤用的棉花。昏黄的灯光底下，主人夫妇和十七八岁的女儿，还有五六个孩子，脑袋各自朝着不同的方向，脸上露出寂寞而坚毅的表情。

岛村仿佛被温热的气息推拥了回来，不由想退出门外，驹子将后门咣当一声关上了，大踏步越过木板地面。岛村悄悄从孩子们的枕头旁边穿过，一种奇妙的快感在他心头荡漾。

“在这等着，我去楼上开灯。”

“算了。”岛村摸黑从楼梯登上去，回头一看，朴素的睡脸对面是卖粗果子的柜台。

这里是普通百姓家的房子二楼，四间[1]的面积，榻榻米也很陈旧。

“我一个人住，大倒是挺大的。”驹子说。隔扇全敞开了，一间堆满了这个家里的旧家什。煤烟熏黑的障子门内铺着驹子的小小寝床。墙上挂着赴宴的衣服，简直像个狐狸的巢穴。

驹子孤零零坐在地板上，仅有的一个坐垫让给了岛村。

“呀，好红啊！”她照着镜子。

“怎么醉成这副样子？”

接着，她在衣柜上头摸索着。

“瞧，日记。”

“真多呀！”

她从旁边抽出一个花纸糊的小盒子，里头塞满了各种香烟。

“客人们送我香烟，我就装在袖口或夹在腰带里带回来，虽然揉皱了，但是不脏，而且很齐

1 间：日本旧时表示面积大小的单位，四间约十三点二平方米。

全。”她坐在岛村面前，将箱子伸到岛村面前，翻着给他看。

“哎呀，没有火柴。我自己戒烟了，不用火柴啦。”

“不用啦，你也做针线吗？”

“是啊，赏红叶的客人一来，根本没空儿做啦。”驹子回过头去，收拾一下衣柜前边的缝补衣物。

也许是对东京生活的留恋吧：纹路整齐的精美的衣柜，红漆的高级的针线盒，她依然像是住在师傅家里。在这粗陋的二楼上，这些显得很寒酸。

电灯系子垂挂到枕头上。

“读罢书想睡了，一拉这个，灯就灭了。”驹子摆弄着那根细绳，规规矩矩坐在那里，像个家庭妇女，带着几分腼腆。

“狐狸嫁闺女——好齐全呀。”

“可不是嘛。”

“这屋子要住四年？”

“可是，已经半年了，很快就会过去的。”

可以听到楼下传来的鼻息声，似乎没有话说了，岛村连忙站起来。

驹子一边关门，一边伸头仰望天空。

"要下雪了，红叶期马上就要过去啦。"她又来到外面，说：

"'这一带，是山乡，红叶艳艳雪飞扬'[1]，红叶季节也会下雪呢。"

"我走了，晚安。"

"我送你，送到旅馆门口。"

然而，她和岛村一起进了旅馆。

"你休息吧。"她说罢，翩然而去。不一会儿，端着两杯冷酒，进入他的房间。大声说：

"给，快喝吧，喝呀！"

"旅馆的人都睡了，你打哪儿弄来的？"

"甭管，自然有地方。"

看来，驹子是从酒桶里灌的，先喝了一杯，刚才的醉态又来了，她眯着眼，盯着就要溢出来的酒杯。

"不过，摸黑喝酒，喝不出味道啊！"

驹子把冷酒杵到他眼前，岛村一口气喝了进去。

---

1 司马芝叟作净琉璃《箱根灵验躄者复仇记》，该剧俗称《躄者胜五郎》，时代物（历史故事），享和元年（1801）作。共十二段，描写下肢行动不便的胜五郎及其妻初花为兄报仇的故事。其中第十一段，描写胜五郎之妻初花，于塔之泽瀑布冲水，向神明祈祷，随即跛子胜五郎腿脚立起。此句乃该段中初花台词。

这点儿酒虽然不至于喝醉，但岛村在外走了段路，身子发冷，心里一阵难受，酒劲儿也上了头。他似乎也感觉自己脸色惨白，于是闭上眼睛躺下了。驹子连忙过来照料。不久，岛村百依百顺地完全陶醉于女子温热的肌体中了。

驹子宛若一个尚未开怀的少女，很不好意思地抱着人家的孩子一样，一心呵护着他。她抬起头，仿佛端详着孩子的睡姿。

岛村过了一会儿，断断续续地说：

“你呀，是个好姑娘。”

“为什么？我哪里好？”

“是个好姑娘。”

“是吗？你真坏，说些什么呀？正经点！”驹子不加理睬，她一面摇着岛村，一面三言两语地敲打他，接着，便沉默不响了。

然后，她独自笑了。

“这样不好，我心里很难过，你还是回去吧。我已经没有什么衣服可穿了。每到你这儿，都想穿不一样的宴会服，可是实在没有可挑的了，这还是借朋友的呢。我这个人很坏吧？”

岛村无言以对。

“我这个样子，哪一点好呢？”驹子哽咽着问。

“第一次见你，觉得很讨厌，谁会像你那样，说话净招人嫌？对你，我真的讨厌死啦。”

岛村点点头。

“嘿，这事我一直瞒着你，知道吗？一个男人，当面被女人指出这个来，那就算完啦！”

“我不在乎。”

“是吗？”驹子似乎在回想自己，久久不说话。一个女人对于生命的感悟像一股暖流传到他身上。

“你是个好女子。”

“哪点好呢？”

“是个好女子啊！”

“真是个怪人！”她有些不好意思地缩紧双肩埋下脸来，突然又想起什么，一只胳膊支撑着，扬起头来。

“你是什么意思？说呀，什么意思？”

岛村惊讶地望着驹子。

“快说呀！你就是为这个来的？你在耻笑我吧？你确实在耻笑我啊！”

她满脸通红，瞪着岛村紧追不舍，肩头因愤怒而激剧地颤抖。忽然，她又面色转青，扑簌扑簌流下泪来。

“真窝囊！啊，我真窝囊！”她一骨碌折身而起，背对这边坐着。

岛村想到驹子误解了自己，他猛然一惊，闭

上眼睛一言不发。

“真可悲啊!”

驹子自言自语，蜷缩着身子倒了下来。

她或许哭累了，拔出银簪子扑刺扑刺向榻榻米上一阵乱戳，又霍然站起身来，离开屋子。

岛村不好去追赶她，听了驹子的一席话，他心里十分内疚。

谁知，驹子似乎又立即悄悄转回来，站在障子门外尖声叫道：

“喂，不去洗澡吗?”

“来啦。”

“对不起，我想通啦。”

她躲在廊下，没打算进屋。岛村拎着毛巾出去，驹子也不和他照面，微微低着头先走了。那副样子，就像一个罪行败露的犯人，被解走了。可是，当她泡在热水里时，又可怜见地瞎闹起来，没有一点儿睡意。

次日早晨，岛村在谣曲[1]声中醒来。

他静静听了一段谣曲。驹子从镜台前边回过头来，冲他嫣然一笑。

“是梅花间的客人，昨晚宴会后，我不也被招去了吗?”

1 谣曲：古典能乐剧的唱词。

“是谣曲会的团体旅行者吧？”

“嗯。”

“下雪了？”

“嗯。”驹子站起来，打开窗户给他看。

“红叶期已经过去啦。”

窗外一方灰暗的天空上，纷纷扬扬飘浮着鹅毛大雪。四周静寂得令人难以置信。岛村心里空空的，他睡眼惺忪地眺望着雪景。

演唱谣曲的人们也敲起鼓来。

岛村联想到去年岁暮，一个雪天早晨的镜子，他向镜台望去。镜子里浮现着冰冷而硕大的雪花，在敞开领口、揩拭脖颈的驹子周围，飘扬着一条条银线。

驹子的肌肤洁净如洗，自己一句无心话竟然惹起她那样的误解，岛村怎么也不会想到她是这样的一个女人。然而，正因为如此，看上去反而让人有一种难以违逆的悲悯之情。

远山铁锈色的红叶日渐黯淡，初雪覆盖着群峰，一片明丽。

杉林罩上一层薄薄的雪花，十分显眼。站立于雪地上的树木，一棵棵直指苍穹。

十一

雪里缫丝，雪里织造，雪水漂洗，雪上晾晒。从纺绩到织造，全过程都在雪里进行。有雪才有绉绸[1]，雪是绉绸之母——古人[2]在书里写道。

这种绉绸是村里的妇女守着漫长的雪日手工制作的。岛村曾经在估衣店找到雪国地带的一种麻纱，用来做过夏装。由于研究舞蹈，他结识一位贩卖能乐剧古戏装的店老板，托付他：一旦发现高级的绉绸，随时请自己来看。他很喜爱这种绉绸，还用来做过一件内衣。

---

1 绉绸：用丝、棉、麻等各种纤维织成，表面呈皱缩状。独特的编织方法使其具有优异的耐久性。

2 指铃木牧之（1770—1842），新潟县南鱼沼郡盐泽町人，继承祖上家业，经营当铺及绉绸生意，业余学习俳谐与书画。同当时江户文人马琴、蜀山人、京传、京山、一九、三马等过从甚密。一面交往风雅之士，一面热心于买卖，两不相误。勤俭力行，粗衣粗食，安于简素之生活。著有《北越雪谱》，记录北越庶民生活至为详尽，成为日本古典名著之一。

古时候，据说每年一开春，撤除防雪帘子，积雪融化的日子，绉绸就上市了。“三都”[1]的绸缎庄，千里迢迢跑来购买绉绸，当地甚至有其专设的旅店。姑娘们半年里辛辛苦苦织成的东西，也是为了能拿到“初市”上销售。远近村庄的男女都来赶集，杂耍、百货，应有尽有，像庙会一般热闹。绉绸上的纸牌上标明织女的姓名、地址，根据成绩评出一等、二等来，这个成绩也可供选媳妇作参考。织女要从童年学起，而且只有十五六岁到二十四五岁的女孩儿，才能织得一手好绉绸。一旦上了岁数，织出的绸子表面就失去了光泽。姑娘们都想进入屈指可数的“纺织名女”的行列，拼命磨练技艺，从旧历十月开始缫丝，到翌年二月半晾晒，在这段大雪封门时期，什么也不做，天天一门心思做着这种手工活计。成品中包含着她们满腔的情爱。

岛村穿着的绉绸，也许就是明治初年或江户末期的姑娘们制作成的。

直到现在，岛村也还把自己的绉绸拿去“雪晒”。这些不知是穿在谁人身上的估衣，他每年都送到产地晾晒，虽说很麻烦，但一想起古代冰天雪地里姑娘的心血，依然想将其拿到织女的家

1 三都：江户时代的京都、江户（东京）和大阪。

乡实行真正的晾晒。晾晒在深雪上的白麻，经朝阳映照，一片艳红，分不清哪是雪哪是布。只是感到，夏天的污垢去除了，自己的身子也变得清净而爽适起来。不过，这些都是由东京估衣店代劳，传统的晾晒方法是否流传至今，岛村就无从知晓了。

晾晒店自古就有。织女很少各自在家晾晒，大多是送到晾晒店去。白色的绉绸一下机就晾晒，染色的绉绸则要桄在拐子[1]上晾晒。白绉绸可以直接铺在雪上，从正月晒到二月，有的干脆把白雪覆盖的旱地、稻田当晒场。

不论是布是纱，都要浸在灰汁里泡一夜，翌日早晨再用清水漂洗几遍，绞干后晾晒。这种工序要连续反复好几天。正当白绉绸晾晒接近尾声时，旭日东升，晨光绚丽，那副美景无可形容，真想请温暖地方的人也来观赏一番——古人在书里写道。还有，晒纱一结束，就预示着雪国的春天快要到来了。

绉绸的产地临近温泉乡，就在山峡渐渐开阔的河流下游的原野上，从岛村的房间里就能看见。

---

1 拐子：原文为“拐”（kase或kasegi），抽丝或纺纱暂时“桄线”用的“工”字形工具，三根木棒组合，一根竖立，两根上下平行，方向互为直角。俗曰“线拐子”。直至现在，我国农村仍在使用。

古代大凡有绉绸集市的镇子，都建造了火车站，如今都成为著名的纺织工业基地了。

然而，不管是可穿绉绸的盛夏，抑或生产绉绸的严冬，这两个时期岛村一次也没来过这座温泉乡，所以他没有机会同驹子谈起绉绸的事。

岛村听到叶子在浴场里唱歌，忽然想到，这姑娘要是生在古代，指不定也会面对纺车和织机唱起歌来吧？叶子的歌声听起来就是那样一种声音。

比羊毛还细的麻丝，要是没有浸透天然的雪的湿气，比较难于处理。所以阴冷季节最好，古代有种说法：数九寒冬纺织的麻布，三伏酷暑穿在身上肌肤生凉，这是自然界阴阳相生的结果。对岛村一往情深的驹子，总有一种根性上的清凉之感，因而，驹子的一腔热情，在岛村看来，显得十分可怜。

然而，这种痴爱未能像一片绉绸一样留下确实的形态。用来做衣服的绉绸，在工艺品中尽管寿命较短，但只要着意加以爱护，五十年前的绉绸，穿在身上仍不褪色。但是，人身上的依恋之情缺乏绉绸一样的寿命。岛村一旦朦胧地意识到这一点，心里就浮现出驹子为别的男人生儿育女、成为一个母亲的形象。他惊恐地环视周围，心想，自己兴许太疲劳了。

这种忘记回归自家妻子身边的长久的逗留，并非因为难舍难分，而是他养成了等待驹子频频前来幽会的习惯。驹子越是迫不及待，岛村越是受到一种苛责：莫非自己已经不再活着？可以说，他一边眼望着自身的寂寞，一边又在原地伫立不动。驹子为什么能占据自己的心灵？对此，他迷惑不解。岛村可以理解驹子的一切，驹子却根本不理解岛村。驹子撞在虚空墙壁上的回响，在岛村听来，犹如雪花纷纷而降，堆满心头。岛村如此为所欲为，自然也不会永远持续下去。

他感到，这次归去后暂时不会再到这个温泉之乡来了。雪天将临，岛村依偎着火钵，旅馆老板特意拿出来的京都产的古老铁壶，水开了，发出轻柔的丝丝声响。壶身上嵌着银丝的花鸟，栩栩如生。丝丝的水沸声有两种，一远一近，远处如松风谡谡，近处若银铃叮咚。岛村将耳朵凑近铁壶，倾听那轻微的铃声。于是，叮咚不绝的远方蓦地传来籍籍履声，岛村忽然看见驹子莲波细步、翩翩而至的那双娇小的腿脚。岛村不由一怔，他觉得，是应该早早离开这块地方了。

岛村打算到绉绸产地去看看。他想借此增强自己离开这个温泉之乡的决心。

可是，河下游有好几座町镇，岛村不知道该到哪里去。他不想参观现代织机业发达的大町镇，就随便在一处旅客稀少的车站下了车，走了一会儿，来到古时候曾经做过驿站的镇子。

家家都伸出来长长的庇檐，一端由柱子支撑着，站立在马路上，和江户城的所谓店下[1]差不多。这地方过去叫作“雁木”，雪深的时候，这庇檐下就成了通行的道路。一边是一排排房舍，庇檐一直连续不断。

因为每户人家的房檐互相毗连，屋顶的积雪只有卸到中间街道上来，别无办法。实际上，是将大屋顶上的积雪抛到道路当中的雪堤之上。要去街道对过，就在一段段雪堤上开凿隧道，供人来往。听说当地人把这叫作“钻胎”。

同是雪国，驹子所在的温泉村，家家户户不相毗连，所以岛村来到这座镇子才首次看到雁木。他十分好奇地在里面走了走。古老的庇檐底下晦暗无光，倾斜的柱子根部腐烂了。他仿佛在窥探当地的人家，他们祖祖辈辈埋在深雪之中，过着忧郁的日子。

织女在雪中精心从事这份手工制作，她们的生活可不像自己织成的绉绸那样滑爽、明净。细

1 店下（tanashita）：店铺外侧廊下、通道等。

思之，这里给他留下一个地地道道的古镇的印象。记载绉绸的古书，援引了唐代秦韬玉[1]的诗句。但是，没有人愿意雇用织女在家纺绩，因为制作一疋绉绸十分费工，成本上不划算。

这些辛苦一辈子的无名工人早已死去，只留下美丽的绉绸。这些绉绸成为岛村们的华丽的衣着，即使炎夏也是遍体生凉。这种本来并不奇怪的事情，岛村反而觉得不可思议。难道一切包含挚爱的行为，到头来总要给人以伤害吗？岛村走出雁木，来到街上。

这是一条笔直的长长的街道，似乎是从温泉村延续下来的古老驿站的大道。板葺的屋顶摆着横木和压石，同温泉镇没什么两样。

庇檐的柱子投下模糊的影子，不知不觉之间，夕暮降临了。

再没有可看的了，岛村又乘上火车，到下一个镇子去。这里也和前一个镇子一样。他依然信步溜达着，为了驱驱寒气，他吃了一碗乌冬面。

面馆就在河岸上，这河也是打温泉浴场流过来的。他看到三三两两的尼姑，前后从桥上走过。

---

1 秦韬玉：唐末政治家、诗人，字中明。京兆（今西安）人。生卒年不详，大致与皮日休、陆龟蒙同时。唐僖宗中和二年（882），特赐进士及第，编入春榜。所作《贫女》诗云："苦恨年年压金线，为他人作嫁衣裳。"

她们穿着草鞋，也有的背着圆顶斗笠，托钵而回。犹如乌鸦急急归巢一般。

“好多尼姑从这里经过吗?”岛村问面馆的老板娘。

“是的，这后面有座尼寺[1]，一到下雪的日子，就很难出山啦。”

桥对面，暮色笼罩的山峰，已经变白了。

这个地区，每到木叶凋零、朔风劲吹的季节，一直都是寒气砭肤的阴天。正是温雪的日子，远近的高山一派白色，这叫“岳环峰宕”。另外，面海的地方，有海鸣；深山之处，有地吼，其声如远雷，这叫作“地吼海鸣”。看了岳环峰宕，听了地吼海鸣，就会知道雪天不远了。岛村记得，古书[2]上是这么写的。

岛村躺在被窝里静听赏红叶的客人唱谣曲

---

1 疑指距离越后汤泽四十公里小出车站附近的尼寺，一般称为“小出学林”。一八九五年，由中村仙岩尼开基于北鱼沼郡汤之谷村，命名为龙谷院，后改称尼僧学林。现称为新潟专门尼僧堂。

2 此处仍指《北越雪谱》一书，关于雪的文字如下：“我国雪意，不同于暖国。九月半起，则入霜期，寒气渐剧。至九月末，杀风侵肌。冬枯诸木，枝叶凋零。天色霎时不见日光，连日欲雪之相。天气朦胧，数日远近高山，白雪点点可观。里人称之为岳环峰宕。又，有海之所则曰海鸣，山间深处则曰地吼，声如远雷……直至秋分前后。每年如是矣。”

时，那天下了第一场雪。今年应该也地吼海鸣了吧。岛村孤身之旅，一个人待在温泉旅馆，等着和驹子相会，渐渐地，他的听觉也变得异常灵敏。当他一想到地吼海鸣，耳眼里就流过遥远的响声。

“尼姑马上要过冬了吧，她们有多少人来着?”

“呀，大概好多吧!”

“尼姑们聚在一起，大雪封门好几个月，她们都干些什么呢?过去这一带纺织绉绸，尼寺里也干这种活儿，那该多好!”

岛村满心好奇，听他这么一说，面馆老板娘只是以微笑作答。

岛村在车站等回程车，等了将近两个小时。微弱的太阳落山了，寒气打磨着满天星斗，闪闪烁烁。岛村腿脚冰冷。

岛村毫无目的地转了一圈，又回到温泉浴场。车子越过铁道路口，开到守护神杉树林旁边，眼前出现一座灯火闪耀的店铺。岛村放下心来，这里是“菊村”小酒馆，三四个艺妓站在门口闲聊天。

驹子也在这里吗?他刚这么想，驹子就出现了。

车子立即减速，司机似乎知道岛村和驹子的关系，他若无其事地缓缓而行。

岛村蓦地向驹子的背后方向回过头去。自己乘坐的汽车的辙印清晰地留在雪上，在星光照耀下向远方绵延。

车子来到驹子面前，只见驹子眼睛一闭，猛地扑向汽车。车子没有停留，静静登上山坡，驹子躬着腰站在车门外的踏板上[1]，紧紧抓住门把手。

驹子就像被一种外力紧紧吸引住了，岛村似乎寄身于一团温暖之中，他没有觉得驹子正在干着一件极不自然、极其危险的事情。驹子举一只臂膀揽住窗户。袖口滑落下来，闪出了贴身长衫的艳色，越过厚厚的玻璃，映在岛村冻得紧绷着的眼睑上。

驹子将额头抵在窗玻璃上，高声喊叫：

“到哪儿去啦？我问你，到哪儿去啦？”

“太危险啦，胡闹！”岛村高声应和，这可是一次甜美的嬉戏。

驹子打开车门一头倒了进去。这时候，车子停了，已经到山脚下了。

“告诉我，到哪儿去啦？”

“唔，没有。”

“哪儿呀？”

---

1 旧时汽车门外装设宽三十厘米的踏板以便于上下。

"哪儿也没去。"

驹子整整衣裾，那副做派像艺妓。岛村好奇地望着她。

司机呆然不动。车子已经开到了路尽头，岛村突然意识到，到了目的地还坐在车里不动，太奇怪了。

"下车吧。"岛村说。驹子把手叠在他的膝头。

"呀，好冷，怎么这样冷！为什么不带我去？"

"别问啦。"

"什么呀？真是个怪人！"

驹子快活地笑了，登上了一段陡峭的石阶小径。

"你出门的时候，我看到了，大约是两点或不到三点钟吧？"

"唔。"

"听到车声，我就出来了，到外头一看，你连头也没回，对吗？"

"是吗？"

"就是没回嘛。干吗不回头看看呀？"

岛村一惊。

"你呀，不知道我来送行啊？"

"不知道。"

"我就知道。"驹子依然快活地笑着，她挨过肩来。

“为什么不带我去？你变得冷酷了，真可厌。”

突然响起了火警的钟声[1]。

两人回头张望。

“失火啦，失火啦！”

“火灾！”

火焰从下面村庄的中央升起来。

驹子喊了两三声，抓住了岛村的手。

翻卷的黑烟之中隐隐约约看到了火舌。火势横向蔓延，舔舐着周围人家的屋檐。

“是哪里？你原来师傅的家，不是离得很近吗？”

“不对。”

“是什么地方？”

“还向上一些。靠近车站。”

火焰穿过屋顶，蹿向天空。

“啊呀，是蚕房！是蚕房！糟啦，糟啦，蚕房着火啦！”驹子不住叫喊起来，她的面颊紧紧抵在岛村的肩膀上。

“是蚕房，是蚕房！”

---

1 火警的钟声：原文为“擦半钟”，报告火警的钟声。远处火灾，则一点点悠悠传响；近处火灾，则急急无间断鸣响。

火势很旺，从高处俯视，广阔的星空之下，玩具般的火场寂悄无声。正因为如此，仿佛传来一阵阵可怕的燃烧的音响。岛村抱住了驹子。

“不要害怕。”

“不，不，不。”驹子摇着头，大哭起来。她的脸伏在岛村的手心里，似乎比平素更加娇小，紧绷的太阳穴不住地跳动。

一见到火就放声大哭，她为什么哭，岛村并未怀疑，依然紧抱着她。

驹子忽然停止哭泣，抬起头来。

“啊呀，想起来啦，蚕房今晚有电影，一定是挤满了人。瞧……”

“那可不得了。”

“有人会烧伤，会烧死的呀！”

他俩慌忙跑上石阶，上面可以听到嘈杂的声音。抬眼一看，高处二三楼上的房间，大都拉开了格子门，跑到光亮的廊下，观看大火。庭院角落一排干枯的菊花在旅馆的灯光或星光的辉映之下，现出清晰的轮廓，立即使人想到，这是大火照耀的缘故吧？在这菊花的后面，也站满了人。旅馆的领班带着三四个伙计，从他们两人前面跌跌撞撞跑了下来。驹子扯开嗓门高声问道：

“喂，是蚕房吗？”

"是蚕房!"

"有人受伤吗?有没有人受伤啊?"

"正在救人哪。是电影胶片一下子着了起来,火势蔓延得很快。打电话问过啦,瞧!"领班一行人迎头碰见他们两个,扬了扬手,走了。

"据说孩子们都从楼上一个个被扔了下来。"

"哎呀,这可怎么得了呀!"驹子跟着领班下了石阶,后面的人一起跑了过去,驹子也一道跑起来了。岛村紧追不舍。

石阶下边,火场被房屋遮挡了,只能看到火舌。火警的钟声在空中回荡,越发使得人们惶恐不安,跑动得更快了。

"地上的雪冻了,当心滑倒。"驹子回头望着岛村,她就势站住了。

"哎,这样吧,你不用去啦。我是担心村里的人。"

照理说,也是。岛村有些扫兴,发现脚边是铁轨,他们已经走到铁道路口。

"银河!多美啊!"

驹子自言自语,仰头看看天空,又跑了起来。

啊,银河!岛村也抬头赞叹。蓦然,他觉得身体仿佛正向银河飘浮而去。银河的光亮越来越近,似乎要把岛村托举起来了。羁旅中的芭蕉,于荒海之上看到的，也是这个光明浩瀚的银河吗？[1]赤裸裸的银河眼看就要降临这里，它想亲自用肌肤卷裹暗夜的大地。它艳丽得令人恐怖！岛村感到，自己渺小的身影从地面反映于银河之中了。银河里面群星灿烂，一颗颗历历在目。随处可见的闪光的彩云，飘荡着一粒粒银沙，绮丽、明净。深不见底的银河，紧紧吸引着岛村的视线。

“嗬——依！嗬——依！”岛村呼唤着驹子。

“嗬——依，快点来呀！”

驹子奔向银河低垂的黑暗的群山。

她褰裳而来，挥动着素腕，火红的衣裾飘舞翩翻。星光点点的雪地上，扬起一朵红艳。

岛村飞也似的追过来。

驹子放缓脚步，松开衣衩，拉住岛村的手。

“你也去吗？”

“嗯。”

“真好奇！”衣裾垂落在雪地上，她一手拎起来。

“人家要笑话我的，回去吧。”

“不，到前头再说。”

---

1 芭蕉即松尾芭蕉（1644—1694），江户时代著名俳句诗人。元禄二年（1689），芭蕉游越后出云崎，作俳句：“瀚海佐渡夜，高空横天河。”

"这样不好，我怎能带你到火场去呢？村里人看见了，多不好意思。"

岛村点头同意了，停住脚步。可是驹子又轻轻拽着岛村的衣袖慢慢走起来。

"你在一个地方等我，我马上回来。在哪儿等呢？"

"哪儿都行。"

"对，再朝前走走。"驹子瞅着岛村的脸，可是又急忙摇摇头：

"我讨厌，够啦。"

驹子咚地撞着岛村的身子，他摇晃了一下。道边的一层薄薄的积雪里，立着一排排大葱。

"你好无情啊！"

驹子立即冲着他说。

"你呀，不是老说我是个好姑娘吗？一个转眼要走的人，干吗要说这种话？仅仅是表白一下吗？"

岛村想起驹子用簪子扑刺扑刺戳进榻榻米的样子来。

"我哭了呀，回到家里之后，我又哭了一场。同你离别，太可怕啦。不过，你还是早点儿回去吧。经你一说我就哭了，这件事我不会忘记的。"

岛村想起那句被驹子误解、反而深深刻在女

人心底的话语，不由感到依依难舍起来。忽然，火场上人声喧嚣，新燃起的烈焰又腾起了火苗。

“啊呀，又烧起来啦，火势好大呀！”

两人喘了口气，得救似的跑了起来。

驹子速度很快，木屐掠过冰冻的积雪向前飞奔，两只胳膊不是前后，而是左右摆动，张开两胁，用力挺着胸脯，身子显得格外娇小。略显肥胖的岛村一边看着驹子，一边奔跑，早已疲乏无力了。然而，驹子急速喘着气，向岛村身上倒来。

“眼珠子发冷，就要流泪了。”

面颊出火，只有眼睛冰凉。岛村的眼睑也濡湿了。他眨眨眼睛．银河也在眼里闪着光辉．岛村强忍住即将掉落的泪水，问道：

“每晚，银河都是这样吗？”

“银河？好漂亮吧？不是每晚都这样，今夜非常晴朗啊！”

银河从他们跑来的方向转到了前面，驹子的面庞看起来好似映照在银河之中了。

但是，看不清鼻子的形状，嘴唇的颜色也消失了。岛村很难相信，充溢于太空的明丽的光带，竟然如此黯淡？淡淡的星光不如薄薄的月夜，但较之满月的天穹，银河却更为明亮。驹子的容颜在地上没有留下任何影像，宛若一副古老的面具，飘忽不止，洋溢着女人的馨香，令人不可思议。

抬头仰望，看样子，银河为拥抱大地依旧徐徐降落下来。

银河，这浩大的极光浸透了岛村的身子，使他随着光波流转，犹如立于地极顶端，虽然冷寂难耐，却妖艳夺人。

“你走后，我要正儿八经地过日子。”驹子说罢迈出步子，用手整整蓬松的发髻。走了五六步，又回过头来。

“怎么啦？这不好。”

岛村站着不动。

“行吗？等着我，过会儿一块儿到你房间去。”

驹子扬了扬左手，跑了。她的背影几乎被黑暗的山峦吸附而去。银河在群峰起伏的分界线上散开衣裾，又反转过来，将灿烂无边的华美的境界回映于浩渺的天宇。群山愈加晦暗、岑寂。

岛村走出去不久，驹子的身影就被公路旁的人家遮住了。

“嘿哟！嘿哟！嘿哟！”听见一阵吆喝，公路上出现了抬水泵的人们。有人打后面跑过来，岛村急忙上了公路。他俩走的那条路和公路交接成“丁”字形。

又有水泵过来，岛村为他们让开，随后跟在

后头跑着。

这是老式的手压形木质水泵。一行人拖着长长的绳子，另外，还围着一些消防队员。那水泵小得可笑。

驹子也站在路口，等着水泵过去，她看见了岛村，两人又一道跑过去。站在路边给水泵让路的人们，仿佛被水泵紧紧吸引，一起追过去了。眼下，他们两个也加入了奔向火场的人群。

“你也去吗？真好奇！”

“哦。那水泵靠不住啊，明治时代以前的玩意儿。”

“是的，不要摔倒啦。”

“挺滑的哩！”

“可不，不久就会整夜里刮起雪暴，弄得人惶恐不安，你不妨来看看。你不会再来了吧？野鸡、兔子都会逃到人家里去。”驹子的声音合着消防队员的吆喝和人们的脚步，听起来十分爽朗。岛村也感到身轻如燕。

传来了火焰炸裂的响声，眼前又蹿出了火苗，驹子抓住岛村的胳膊。公路边低暗的屋顶深呼吸一般，猝然浮现在火光里，接着又淡漠不清了。水泵的水从脚下的道路流过来，岛村和驹子也自然站在人墙之中了。火场的焦煳味儿夹杂着煮蚕茧的腥气。

人们这一堆那一团，高声交谈：什么电影胶片着火啦，孩子一个个打楼上扔下来啦，什么没有人受伤啦，村里的蚕茧、大米幸好没放在这里啦，等等，议论不止。然而，大家一同面对火场，却一言不发，远近一片寂静，尽皆统一于火场之上了。人们都在倾听火花的毕剥之声和水泵的轰鸣。

不时有些晚来的人，到处呼唤亲人的姓名，一旦有人答应，则高兴得大呼小叫起来。唯有这些声音才带来一些活气。火灾警报已经停止了。

岛村怕引起注意，悄悄离开了驹子，站到一堆孩子的后面。火势燎人，孩子们向后退缩着。脚下的雪似乎有些融化了，人墙前面的积雪经火与水一番消解，上面满是纷乱的脚印，一片泥泞。

那里是蚕房一旁的旱地，和岛村他们一同赶来的村民，大都拥到这里来了。

大火似乎是从安置放映机的入口烧起来的，蚕房从屋顶到墙壁一半都倒塌了，房梁和柱子等骨架还在冒烟。因为屋里只有木板墙和地板，本来就是空的，所以屋内没有卷起黑烟，屋顶上浇足了水，大概不会再着火了。不过，火势还在蔓延，意料不到的地方突然冒起了火苗。三台水泵慌忙转过去，火苗立即上蹿，腾起一股黑烟。

火影在银河里扩散开来，岛村仿佛又被掬向银河里去了。黑烟流向银河，相反，银河也欻然下泻。水泵里的水龙脱离屋顶，左右晃动，水烟溟蒙，一团灰白，宛如受到了银河之光的照射。

驹子不知何时走过来，她握住了岛村的手。岛村回头看了一眼，没有作声。驹子望着火焰，火影在她那红通通的不苟言笑的脸上明灭、闪烁。岛村的胸中不由涌起了一股激情。驹子的发髻散开了，她挺起了脖颈。岛村正想伸手过去，手指却颤抖起来。岛村的手很温暖，驹子的手更炽热。岛村感到，别离的时候即将迫近了。

入口的廊柱等物又着起来，一根水龙猛喷过去，栋梁刺啦啦冒着水汽倒了下去。

蓦然之间，人群一下子惊呆了，他们看到一个女子掉落下来。

蚕房也时常用来演戏，楼上安装着简单的座席。虽说是二楼，但很低矮，从上头落到地面只是一眨眼的工夫。不过，人们还是在这一瞬间充分看清了她掉落的全过程。也许是因为她像个玩偶，令人不解地掉了下来，一眼就能知道已经不省人事了。虽说是掉落，却没有发出声音。因为地面有水，所以也没荡起什么尘埃。她跌落在刚刚燃起的新火焰和重新转旺的老火焰之间了。

一台水泵对准老火焰喷射出弯弓一般的水流，就在这股水流前面，忽然浮现出一个女体。她就是这么掉落的。女体在空中保持了水平姿态。岛村心头突然紧缩，但也没有立即感到什么危险和恐怖，仿佛是非现实世界的一个幻影。僵直的身子于落下的空中变得柔软了，而从这个玩偶的姿态上，可以得知，她已经毫无抵抗，因失却生命而变得自由，生与死一概休止了。岛村心里闪过一丝不安，水平伸展的女体，头部是否冲着下方？腰部和膝盖是否有所弯曲？看上去虽然很有可能，却仍是水平掉落下来了。

“啊！”

驹子尖厉地嚎叫一声，捂住了两眼。岛村一直盯着，眼睛一眨也不眨。

跌落下来的女子正是叶子！岛村是什么时候知道的呢？人群的惊讶和驹子的尖叫实际上发生在同一瞬间，叶子的小腿在地上抽搐，也是在同一瞬间。

驹子的叫喊，贯穿着岛村的全身，和叶子小腿的抽搐一起，使得岛村冰冷的足尖不由得痉挛起来。他沉浸在一种莫名的深沉的痛苦和悲哀之中，心脏不住激烈地跳动。

叶子轻微的抽搐几乎难于辨认，又立即停止了。

在看到叶子的抽搐之前，岛村首先看到了她的容颜和鲜红的箭翎和服。叶子是仰面掉落下来的。一边的膝盖上缠绕着裙裾。她跌到地上，小腿只是抽动了一下，就昏过去了。岛村总觉得她没有死，他只是感到，叶子的内部生命已经发生异变，迅速转型了。

叶子从二楼看台上掉下来，二楼的两三根柱子向外倾斜，在叶子脸的上方燃烧起来。叶子闭上那双摄人魂魄的俊美的眼睛。她翘着下巴颏，挺直颈项。火影飘摇，映着她惨白的面庞。

岛村忽然想到，多年前他到这个温泉浴场会见驹子，在火车上看到叶子脸庞的后面，点燃起野山的灯火，心中又是一阵战栗。霎时，火光仿佛也映照出他和驹子在一起的岁月来。他的揪心般的痛苦和悲哀也正出自于此。

驹子从岛村身边跑了出去，这和她尖叫一声捂住眼睛，几乎是同一瞬间，也就是人群大吃一惊的时候。

烧焦的黑色木块，水淋淋的，散乱一地。驹子像艺妓一般长裾拖曳，脚步踉跄地奔过去，想将叶子抱回来。驹子奋力挣扎的脸孔下面，低垂着叶子临死前虚空的容颜。看起来，驹子宛若怀抱着自己的牺牲或刑罚。

人群交头接耳地谈论着，迅速向她们两个围过来了。

“闪开，请闪开！”

岛村听见驹子喊道。

“这丫头疯啦，她疯啦！”

驹子疯狂叫喊着，岛村想走过去，被一群汉子推开，摇晃着身子。那些人想从驹子手里抱回叶子。

岛村站定脚跟抬头仰望，刹那间，天河似乎流水哗然，直向岛村的心头奔泻下来。

译后记

穿过国境长长的隧道，就是雪国。
夜的底色变白了。火车停在信号所旁边。

这是川端康成的小说《雪国》开头的名句。读《雪国》，就想去雪国。作家醉心描写的，究竟是怎样一块神奇的土地？有着什么样的风景？那里生活着什么样的人群？

常年的疑问，常年的诱惑，常年的痴迷。于是，便有了一次雪国之旅。

还记得这部小说吗？简练的故事，朦胧的人物，迷离的山景，飘忽的文字……《雪国》在现代日本文学史上独树一帜，占尽风流，惹得不同层次的文化人评说不尽。推崇有之，贬斥有之，不褒不贬，以平常心对待有之。但不论采取哪一种态度，谁都无法忽视它，抹消它。在当今尚没有任何一种奖项能够完全替代诺贝尔奖的时候，

《雪国》和它的作者无疑是一个榜样，一座丰碑，一种品牌，具有恒久的魅力。

古今中外，文学的力量是巨大的。当川端康成带着他的《雪国》走向世界文学高峰的时候，诞生《雪国》这个艺术香馨儿的摇篮——越后汤泽，这块自古封闭的山涧谷地，便成了人们趋之若鹜的文学的“麦加”。

真真假假，虚虚实实。不瘟不火，不即不离。欲进复退，欲言又止。白云苍狗，镜花水月……这就是我读《雪国》的感觉。久而久之，缥缈的《雪国》之感渐渐沉滞下来，“固化”成“新潟”“越后”和“汤泽”等这些实实在在的地名了。

在这种逐渐“固化”的过程中，我切实体验了我们中国人常有的“京华何处大观园”般的追寻和发现的快乐。当然，故事的舞台谁都知道，尽管书中没有涉及。不过，要想深刻地感受作品，就得到故事的舞台上去，进入角色。带着此种想法，我来到了越后汤泽。

初冬季节，平原上还是晚枫如火，高山里已经冰封雪裹。我走的路线和小说男主人公岛村去雪国的路线正相反。川端康成首次访问汤泽是一九三四年六月，走的是由南向北的路。他在一篇文章中写道：“由水上车站乘火车到前一站上牧温泉……接着又在不知是水上还是上牧的旅馆老板建议下，去了一趟清水隧道对面的越后汤泽。那里比水上更加偏僻。”（一九五九年十月《<雪国>之旅》）作品开头提到的“国境的隧道”就是群马县和新潟县之间三国山脉的清水隧道。这条隧道长约十公里，始凿于一九二二年，历时九年建成。由水上穿过清水隧道进入汤泽，犹如渔人进入桃花源，眼界豁然开朗，风景也随之一变，完全是另一个世界。尤其在冬天，四周苍山负雪，宛若莲花朵朵，冷，艳，奇。

我们的汽车从北方的津南町沿353国道渐渐驶入汤泽町。这里离二〇〇四年“中越地震”的中心——小千谷不算远，我发现这一带的房屋建筑很特别，房顶呈锐角形，北面窄而陡，南面阔而缓，正如《雪国》中岛村所看到的：

> 家家都伸出来长长的庇檐，一端由柱子支撑着，站立在马路上，和江户城的所谓店下差不多。这地方过去叫作“雁木”，雪深的时候，这庇檐下就成了通行的道路……

书里的描写，眼前的情景，使我想起广州的

街道，觉得很相像。不过，广州是为了躲雨，而这里是为了防雪。自然环境的酷烈，考验着生命的强度，激发着人类创造的智慧。二〇〇六年新旧交替之际，连续下了几场大雪，津南地方雪深达四点一六米，出现了历史上前所未有的严寒天气，我想起不久前亲自到过的这块地方，才真正掂量出“雪国”这两个字的分量，对那些豪雪拥门而毅然坚守故乡、同自然灾害英勇搏击的民众不由得肃然起敬。

江户时代，生于越后的铃木牧之在《北越雪谱》一书中写道：“凡日本国中，古往今来，人们皆以越后为第一深雪之地也；然于越后，雪深达一二丈者，当数我鱼沼郡也。”他说的完全是实话。鱼沼是出产良米之乡，著名的“鱼沼粳米”享誉国内外，市场价格比其他“越光”名牌大米高出一倍。鱼沼米之所以美味，就是因为这里冬期长，气温低，雪水足。

傍晚，抵汤泽，下榻于汤泽车站附近的波斯利亚饭店。此处距当年川端写《雪国》的高半旅馆约有十分钟的车程。高半旅馆原由一位名叫高桥半左卫门的人创办，至今已有九百年历史。这是一座典型的和式温泉旅馆，位于汤泽地区最高点，温泉水量最丰沛，常年不减。馆内有一间屋子，叫“霞之间”，这里就是川端康成创作《雪国》的地方。屋内布置依原样不变，一张矮桌，一把无脚背靠椅，左手一只暖炉，一只烟盘，墙上悬着字画。汤泽还有许多同《雪国》有关的景点，如“驹子之汤”“雪国馆”“雪国之碑”等。

江山还需文人扶，一个富于人文内涵的地方，自然会产生一种巨大的吸引力和昭示力。昔日寂静的高原小镇，今天成了人气旺盛的观光名所。二十世纪八十年代初期，东京、上野至新潟的上越新干线开业运营，巨蟒般的电车的呼啸声，震动着千年寂静的云山野水，驱散了现代驹子们的欢声笑语。雪夜，泡在饭店十三楼顶的“露天风吕”里，我沉下心来，望着四面黑魆魆的山峦，想慢慢找回当年艺妓们幽怨的歌唱和三味线悲切的琴音。然而，除了眼前氤氲的水汽和耳边呼啸的朔风，什么也没有得到。我的努力也像作品主人公岛村一样，最后化作了一个接一个的徒劳。

一度雪国行，胜读十遍书。在雪国之地，读《雪国》之书，更有一番亲切的情味。我以为，理解《雪国》，只能凭借直接感觉。空灵，冷艳，虚幻，迷茫。主观取代了客观，自然淹没了人物，影像淡化了实体，感性排除了理智。作品的美质不正潜隐于这种剪不断理还乱、说不清道不明的晃漾着的混沌之中吗？这，就是我对《雪国》乃至整个川端文学的认识，或者称为评价。

川端自己说过："岛村不是我，甚至不是一个作为男人的存在。他也许只是映射驹子的一面镜子。"（一九六八年十二月《谈〈雪国〉》）

这部小说开头用大量文字描写叶子映现在车窗玻璃中的幻影，真是不厌其详，读得我们颇有些腻味。我所厌皆作者所爱，徒叹奈何而已。也许这就是我们和作者的差距吧。同样，结尾关于"火场银河"的一大段叙述，洋洋洒洒，又进一步把小说推向光怪陆离的太虚幻境，实现了作者心目中的"艺术的升华"。不过，这里没有秦可卿引路，作为读者的我们，只能凭借自我意识，在这座作者所精心营造的精神的伊甸园里，寻觅着美。

（这篇《译后记》系在旧作《感受雪国》的基础上改写而成。）

译者二〇〇六年一月初稿

二〇二一年八月改订

图书代号：WX22N1826

图书在版编目（CIP）数据

雪国 /（日）川端康成著；陈德文译. — 西安：陕西师范大学出版总社有限公司，2023.3（2023.3重印）

ISBN 978-7-5695-3025-4

Ⅰ. ①雪… Ⅱ. ①川… ②陈… Ⅲ. ①中篇小说－日本－现代 Ⅳ. ①I313.45

中国版本图书馆CIP数据核字（2022）第101262号

雪 国

XUE GUO

[日]川端康成 著 陈德文 译

出 版 人 刘东风
策划机构 雅众文化
策 划 人 方雨辰
责任编辑 焦 凌
责任校对 宋媛媛
特约编辑 马济园
装帧设计 小椿山
封面插图 黑崎彰
出版发行 陕西师范大学出版总社
（西安市长安南路199号 邮编 710062）
网 址 http://www.snupg.com
印 刷 北京市十月印刷有限公司
开 本 787 mm × 1092 mm 1/32
印 张 5.25
字 数 80千
版 次 2023年3月第1版
印 次 2023年3月第2次印刷
书 号 ISBN 978-7-5695-3025-4
定 价 42.00元